KB097738

재수

만화가, 이모티콘 제작자.

2014년부터 지금까지 SNS에서 '재수의 연습장'이라는 계정을 운영하며
글과 그림을 활용한 다양한 창작물을 올리고 있다.

자기계발의 말들

© 재수 2023
이 책은 저작권법에 의해 보호받는 저작물이므로
무단전재와 복제를 금합니다.
이 책 내용의 전부 또는 일부를 이용하려면
저작권자 도서출판 유유의 서면동의를 얻어야 합니다.

자기계발의 맛들

더 나은
내가
되기 위한
정확한
연습

재수
지음

들어가는 말
더 나은 자신이 되기 위하여

만화가를 직업으로 삼은 이후 결과물이 완벽해야 한다는 강박 때문에 그림을 그리는 행위 자체가 엄청난 스트레스였던 기간이 있었습니다. 저는 이 강박을 깨 보고자 SNS에 부담 없이 그림을 올리려고 계정을 만들었습니다. 계정의 이름을 '재수의 연습장'이라고 짓고, 매일 아무 데서나 연습장에 그림을 그려서 핸드폰으로 찍은 사진을 이곳에 올리기 시작했습니다. 몇 년간 그림을 꾸준히 올리면서 그림을 그리는 즐거움을 되찾았고 예전보다 그림을 훨씬 많이 그릴 수 있게 되었습니다. 많이 그리니 실력은 더 빨리 늘었습니다. 이 과정을 통해 '즐거움을 동력 삼아 무언가를 많이 하면 빠른 속도로 실력이 늘고 그 실력은 다시 즐거움이 된다'는 것을 깨달았습니다.

저는 이 즐거움을 다른 영역에도 적용해 봤습니다. 책 읽는 연습, 글 쓰는 연습, 생각하는 연습, 집중하는 연습, 정리하는 연습, 운동하는 연습, 걷는 연습, 잘 자는 연습, 잘 먹는 연습 등등…… 저만의 즐거움 데이터를 늘려갔습니다. 호기심의 불꽃이 자연스레 자기계발로 옮겨 붙고 있을 때쯤, 유유 출판사에서 '연습'에 관한 책을 내 보자는 제안 메일이 왔습니다. 연습이라면 제전문 분야였기에 자신 있게 수락했습니다. 하지만 막상 글을 써 보니 실패와 반복에 대한 얄팍한 자기 신화를, 그것도 그림에 대해서만 반복적으로 끄적이고 있는 저 자신을 발견했습니다. 익숙하고 강렬한 확신이 들었습니다.

'…망했다!'

이런 제 고민에 대해 담당 편집자님은 '연습' 대신 '자기계발'에 대해서 써 보는 게 좋겠다고 제안해 주셨습니다. '내내 해오던 연습에 관해 쓰기도 힘들었는데 겉핥기로 흉내만 내던 자기계발에 관해서 쓰는 게 가능할까?' '뇌과학이나 심리학을 전공한 것도 아닌데 자기계발에 대해서 신빙성 있는 말을 할 수 있을까?' 스스로 생각하기에도 미심쩍은 부분이 많았지만 일단 쓰다 보니 '연습'보다 '자기계발'이라는 범주가 더 좁고 분명해서 참고할 자료가 훨씬 많았습니다. '이 책을 쓰는 과정을 내게 맞는 자기계발서를 집중적으로 알아 갈 기회로 삼아 보자'라고 생각하면서부터 자기계발에 대한 호기심의 불꽃이 다시 타오르기 시작했습니다. 이후 읽기와 쓰기가 폭발적으로 이루어지면서 다행스럽게도 책을 무사히 끝마칠 수 있었습니다.

주어진 일상에서 습관을 되찾고자 하는 사람, 게으름과 나태함을 자신의 일부로 여기는 게 당연해진 사람, 정신과 신체의 퍼포먼스를 높일 수 있는 구체적인 방법이 궁금한 사람, 더 나은 자기 모습에 대한 갈망이 있지만 어디서부터 뭘 어떻게 시작해야 할지 모르는 사람, 특히 창작 활동을 하는 사람에게 이 책은 분명 도움이 될 것입니다. 제가 바로 그런 사람이었고, 이 책을 쓰면서 알게 된 단서들로 인해 이전보다 나아진 삶을 누리고 있기 때문입니다. 아무쪼록 이 책이 더 많은 단서들로 건너가는 문이 되길 바랍니다.

그림이나 만화를 그려서 책을 여러 권 출간해 봤지만 글로만 이루어진 책은 처음인지라 많이 헤맸습니다. 짧지 않은 헤맴의 시간을 묵묵히 기다려 주시고 길을 안내해 주신 김은우 담당 편집자님께 감사드립니다. 마지막으로 항상 곁에서 더 나은 내가 되고 싶게 만들어 주는 아내에게 깊은 사랑을 전합니다.

무조건 할 수 있다고 하기보다는
내가 잘할 수 있는 선을 알아야 한다.

김하나, 『말하기를 말하기』(콜라주, 2020)

001

'미라클 모닝'은 동명의 책에서 제안하는 생활 루틴이다. 한마디로 새벽 4시에 기상해 아침 시간을 최대로 활용하자는 것.

새벽 4시에 일어나려면 오후 8~9시엔 무조건 잠들어야 했다. 어느새 잠드는 시각이 점점 더 늦어지긴 했지만 일어나는 시각만큼은 새벽 4시를 꼬박꼬박 지켰다. 집중력이 유지되는 시간이 점점 짧아졌다. 그래도 이른 아침 시간의 짜릿한 성취감을 한번 맛본 뒤로는 멈출 수가 없었다. 미라클 모닝 100일이 넘어갈 무렵, 정오 즈음 몰려오는 엄청난 피로감에 몸이 늘어지기 시작했다. 푹 자지도, 오롯이 집중하지도 못하는 날들이 이어졌다.

어느 날 아내가 나에게 피검사와 수면 검사를 해 보자고 했다. 자는 동안 내 잠꼬대와 뒤척임, 수면 무호흡이 심해진 것 같다면서. 검사 결과는 '수면 부족에 따른 만성피로'. 나는 정기적인 진료와 수면에 도움을 주는 기기(양압기)의 도움을 받기로 했다. 이른 기상에 대한 강박 때문에 정신적인 스트레스도 점점 심해지고 있었기에, 200일간 강행하던 미라클 모닝은 중단했다. 이후 반년 동안 수면 개선과 강박에서 벗어나기 위한 시간을 보냈다.

미라클 모닝은 충분한 수면이 전제되어야만 지속 가능한 루틴이다. 이제는 매일 아침 '모닝페이지'(뒤에서 소개하겠다)를 통해 지난 하루를 점검하고 오류를 바로잡는다. 더 이상 기상 시간은 중요하지 않다. 하여튼, 꽤나 긴 이 생활 실험을 통해 알게 된 사실은 건강한 강박이란 없다는 것이다. 강박은 곧 스트레스를 유발하고, 스트레스는 정신과 몸을 망친다.

어쩌면 행복의 반대말은 스트레스가 아닐까?

사람은 인지 능력을 유지하려면
매일 밤 일곱 시간 넘게 자야 한다.

매슈 워커, 『우리는 왜 잠을 자야 할까』(열린책들, 2019)

002

미라클 모닝으로 수면의 중요성을 혹독하게 깨닫고 난 뒤, 예전에 스치듯 들었던 책 제목이 갑자기 떠올랐다. 『우리는 왜 잠을 자야 할까』 그 책을 꼭 읽어야겠다는 생각이 강하게 들었다.

이십 대 때부터 줄곧 잠자는 시간을 아까워했다. 해야 할 일과 하고 싶은 일이 많아서 이미 하루가 짧은데, 잠을 여섯 시간 이상 자는 건 손해라는 생각을 늘 해 왔다. 그런데 책에서는 여덟 시간 이상의 충분한 수면을 꼬박꼬박 챙기는 것이 학습, 창작 활동, 건강에 훨씬 도움이 된다며 과학적인 근거를 들어 알려주고 있었다. 그러니까 나는 더 잘하기 위해 정반대 방향으로 가고 있었던 거다.

책의 내용은 충격의 연속이었다. 나는 완전히 설득되어 3개월 동안 매일 여덟 시간 이상의 수면을 이어 가며 건강 상태와 창작 활동의 변화를 지켜봤다. 그랬더니 한 달에 한 번 이상 꼭 찾아오던 끔찍한 편두통이 사라졌다. 게다가 무언가 해 보려는 의욕 곧 활력이 충분히 생겨 실행력과 추진력이 좋아졌다. 게으름과 귀찮음은 어쩌면 성향이나 성격이 아니라 단지 활력이 부족한 상태가 아니었을까 생각하게 됐다. 일단 활력을 만들면 게으름과 귀찮음은 쉽게 걷어 낼 수 있음을 알게 되었기 때문이다.

활력은 의지력의 지속 시간을 늘려 주었기에 창작 활동에도 탄력이 붙었다. 여덟 시간의 충분한 수면을 지속하는 것만으로 전체적인 삶의 질이 눈에 띄게 좋아진다는 점을 몸으로 배운 시간이었다. 하지만 여전히 일찍 잠자리에 드는 건 어렵다. 어떻게 하면 일찍 잠들 수 있을지 계속 실험하고 연습하는 중이다.

아는 것은 힘이다. 이제 이 진리를 강화하는 문장을 보탤 수 있겠다. 자는 것은 힘이다.

많은 사람들이 가식적인
한 쪽 반을 쓴 뒤에야 진짜 보물이
쏟아진다는 것을 깨닫게 된다.

줄리아 캐머런, 『아티스트 웨이』(열린책들, 2019)

『아티스트 웨이』에서 소개하는 '모닝페이지'란 기상하자마자 노트 세 쪽을 손 글씨로 가득 채우는 루틴을 말한다.

여기엔 몇 가지 중요한 룰이 있다. 자기검열 없이 생각나는 것을 거침없이 속도감 있게 쓸 것, 다른 사람에게 절대 보여 주지 말 것, 처음 시작하고 몇 주간은 쓴 것을 다시 읽지 말 것……. 이렇게 하다 보면 종이에 손으로 직접 쓰는 과정에서 몸을 깨울 수 있고, 잡념을 털어 내어 생각을 정돈할 수 있고, 일상을 점검하며 하루를 계획할 수 있다. 필기감 좋은 진한 펜과 마음에 드는 노트를 미리 구비해 두면 모닝페이지에 탄력을 붙일 수 있다.

모닝페이지를 실천하며 내가 가진 잠재력을 더 이상 무시하지 않게 되었다. 그동안 현실적인 이유로 미루어 오던 것을 이번 기회에 다 해 보리라 마음먹었다. 나는 평소 관심 있던 분야의 강좌를 모두 결제했다.

문제는 한정된 시간이었다. 기존에 해 오던 자유 창작 작업들, 이미 계약된 장기적인 창작 프로젝트들을 진행하면서 이 모든 강좌까지 수강하려면 24시간이 부족했다. 하기로 했던 활동의 절반도 못 끝낸 채 하루를 마감하는 생활이 반복되었다. 해야 할 일과 하고 싶은 일이 이렇게나 많은데, 어떻게 해야 시간을 더 확보할 수 있을까? 이 무렵 내가 쓴 모닝페이지엔 시간에 대한 고민이 가득하다.

그러다가 내가 고민해 온 시간이란, '무언가를 집중해서 학습하거나 창작하는 의지력이 지속되는 시간'임을 깨달았다. 하루를 24시간 이상으로 늘리는 것은 불가능하지만, 집중력과 의지력을 키워 허투루 낭비되는 시간을 줄이는 것은 가능했다. 그게 곧 시간을 버는 일이자, 시간을 만드는 일이었다.

이른 아침은
입에 황금을 물고 있다.

벤저민 프랭클린

시간을 만들려면 구체적으로 어떻게 해야 할까?

늘 모자란 시간 때문에 시간을 만드는 방법을 고민한다. 지금껏 내가 알아낸 '시간을 만드는 방법'은 크게 세 가지다.

첫 번째 방법은 집중력의 질을 높이는 것이다. 하루를 24시간 이상으로 늘릴 수는 없다. 하지만 집중력의 질을 높이면 활동의 질을 높이면서 활동에 쓰이는 시간을 줄일 수 있다. 그게 곧 시간을 버는 일이자 시간을 만드는 일이 된다. 그럼 집중력을 높이려면 어떻게 해야 할까? 우선은 뇌를 싱싱한 상태로 만들어야 한다. 잘 자고 잘 먹고 잘 움직여야 다시 잘 자는 것으로 선순환이 일어난다. 여덟 시간의 숙면과 건강한 음식, 땀이 날 만큼의 적당한 유산소운동과 근력 운동이 필요하다. 잘 자고 잘 먹고 잘 움직이는 것이 곧 내 활동의 질이 된다.

두 번째 방법은 아침 시간을 사용하는 것이다. 직접 체험한 바, 몸 컨디션이 좋을 때 아침 시간은 오후 시간의 딱 세 배 정도 효율을 갖는 것 같다(일의 양이 아닌 일의 성취 면에서). 그렇다면 아침의 네 시간은 오후의 열두 시간 정도와 맞먹는다. 아침에 활동하면 여덟 시간을 버는 셈이다.

세 번째 방법은 아예 시간을 초월해 버리는 것이다. 건강한 몸 상태를 유지하면서 최소 네 시간 이상의 덩어리 시간을 활용하면 깊은 몰입을 체험할 수 있다. 이때는 얕은 몰입을 아무리 긴 시간 하더라도 결코 얻을 수 없는 성과를 얻게 된다. 나는 항상 이 깊은 몰입을 최우선 목표로 두고 체력을 만든다.

체력 만들기, 아침 시간 확보, 몰입. 이 세 가지를 염두에 두면 시간을 만들고 아끼고 확장할 수 있다.

본질이 무엇이냐에 따라
흔들림이 달라집니다.

박웅현, 『여덟 단어』(인티N, 2023)

005

나는 주로 페이스북, 인스타그램, 트위터 등 SNS를 기반으로 창작 활동을 해 왔다. 가끔 광고 그림을 그려 업로드하고 클라이언트로부터 작업비를 받긴 했지만 플랫폼 자체로부터 창작물에 대한 수익금을 받은 적은 없었다. 그러다 유튜브 수익 창출 시스템에서 지속 가능한 창작의 가능성을 보았다. 고민 끝에 계정을 만들고 장비를 마련해 영상을 제작했다.

그런 상황에서 '클럽하우스'라는 새로운 오디오형 SNS 플랫폼도 이슈가 되고 있었다. 그림과의 연결점이 있을 것 같아 일단 시작해 보기로 했다. 이곳에서 나는 누군가의 이야기와 프로필 그림을 교환하는 '초상화의 방'을 운영했다.

몇 달간 집중적으로 유튜브와 클럽하우스를 오가며 지속 가능성을 모색했다. 하지만 두 플랫폼 모두 내 성향과는 맞지 않는다는 결론을 내렸다. 시간과 에너지가 너무 많이 드는 바람에 기존에 해 오던 작업들에도 안 좋은 영향을 미쳤다. 결국 클럽하우스는 접고, 유튜브는 좀 더 시간을 두고 생각하기로 했다.

그렇게 결정하는 데에는 때마침 읽고 있던 『여덟 단어』의 문장이 큰 도움이 되었다. 흔들림을 줄이려면 본질을 더 깊이 파고들어야 했다. 여기서 착안해, 나 스스로 추구하는 바를 명료하게 한 문장으로 완성해 보았다.

'건강한 생활과 꾸준하고 왕성한 창작 활동으로 경제적 자유를 추구하는 삶을 살겠다.'

앞으로 이 문장이 나만의 견고한 손잡이이자 방향키가 되기를.

중요하지 않은 어떤 일들을 미완성인 채로
남기는 것은 탁월한 성과를 위해 반드시
치러야 할 대가와 같다.

게리 켈러·제이 파파산, 『원씽』(비즈니스북스, 2013)

처음에는 이 문장이 간결하고 명확하다고 생각했다. 하지만 여기 들어 있는 세 가지 가치가 자꾸만 충돌했다. 건강, 창작, 돈. 이 세 가지를 동시에 추구하다 보면 무언가 어긋나는 기분이 들곤 했다.

자유로운 창작을 하려고 이것저것 일을 벌이다 보면 점점 돈 버는 일과 멀어져서 불안했고, 경제적 자유를 누리려고 돈 되는 일에 집중하다 보면 기껏 만들어 놓은 자유로운 창작의 통로가 막혀 버리는 것 같아서 불안했다. 왕성하고 자유로운 창작과 경제적 자유, 이 두 가지를 동시에 추구하며 한동안 살아 봤더니 이번에는 건강을 위해 사용할 시간과 정신적 여유가 도무지 생겨나지 않아 건강에 대한 불안이 생겨났다. 뭘 해도 끝내는 불안해졌다.

이 시점에 『원씽』이라는 책을 읽었다. 탁월한 성과를 내려면 불균형이라는 대가를 치를 수밖에 없다는 내용에 눈이 번쩍 뜨였다. 불안의 원인을 그제야 이해하게 됐다. 강박적으로 균형을 추구하며 탁월한 성과를 바랐으니 충돌이 생길 수밖에 없었던 것. 미지의 불안이 인지의 불안이 되자 스트레스가 크게 줄었고, 덕분에 작업 능률도 오르기 시작했다.

그렇다면 앞으로 탁월한 성과를 위해 건강, 창작, 돈이라는 세 가지 가치 가운데 나는 무엇을 최우선으로 둘 것인가. 당장은 창작 활동을 샘솟게 하는 든든하고 근사한 나만의 둥지, 완성형 개인 작업실을 갖추고 싶다. 이를 위해 당분간 돈, 그러니까 경제적 자유를 추구하는 쪽으로 성과를 높여 볼 생각이다.

작가에게 가장 중요한 것은 무엇일까?

영감? 글감? 시간? 건강? 금전?

내 생각엔 작가에게 가장 중요한 것은

'안정적으로 쓸 수 있는 환경'이며

그 환경을 스스로 만드는 것 역시

작가의 덕목이고 그것이 글쓰기의

시작이다.

김호연, 『매일 쓰고 다시 쓰고 끝까지 씁니다』(행성B, 2020)

대학을 졸업하자마자 마음 맞는 만화가 동료들과 공동 작업실을 쓰며 치열한 성장의 기간을 보냈다. 하지만 그 작업실에 10년 정도 있다 보니 어느 순간부터 집중이 잘 안 됐다. 처음에는 내 의지력을 탓하다가, 우연히 카페에서 작업 효율이 높아지는 것을 경험한 뒤로는 계속 카페를 전전하며 작업했다.

공간이 주는 분위기가 작업에 영향을 많이 준다는 것을 알게 된 시간이었다. 분명 카페는 작업이 잘되는 공간이었다. 다만 매일 여러 곳을 옮겨 다니려면 돈이 너무 많이 들었다. 게다가 바깥에서 할 수 있는 작업은 한정적이었기에 안정적인 새 작업 환경이 필요했다. 그 무렵 즐겨 듣던 팟캐스트에서 "창작에는 돈이 듭니다"라는 말을 접하고(『책읽아웃』, 신예희 작가 편) 완전히 설득되어 집 근처에 개인 작업실을 구했다.

태어나 처음 써 보는 완전히 독립된 개인 공간. 나는 이 개인 작업실에서 혼자 있기에 가능한 다양한 시도를 적극적으로 해 볼 수 있었다. 즉흥적으로 인스타그램 라이브 방송을 한다든가, 온종일 음악을 틀어 놓는다든가, 소리 내어 책을 읽는다든가, 악기 연습을 한다든가, 촬영 장비를 장만해서 유튜브 영상을 찍는다든가⋯⋯. 공간의 변화만으로 창작 활동이 확장되는 게 느껴졌다. 의지력을 탓하기보다 의지력이 샘솟는 환경을 조성하는 게 훨씬 더 빠르고 정확한 방법이었다.

그래서 지금보다 더 좋은 작업실을 꾸리는 것을 다음 목표로 삼게 되었다. 환경을 조성해 의지력을 키우면 그 의지력으로 더 좋은 환경을 꾸릴 수 있을 것이다.

시를 읽기 전의 나와 시를 읽고 난 후의
나는 확연히 달라져 있다. 공교롭게도
이것은 발견할 수 없는 것이다.
자기 자신만 안다. 자기 자신은 안다.

오은, 『다독임』(난다, 2020)

낙서에 짧은 제목을 붙여 SNS에 업로드하며 '글'이라는 표현 양식의 매력을 알아 가던 기간이 있다. 그 낙서들을 엮어 『재수의 연습장』(2016)이라는 단행본을 출간했다. 담당 편집자는 유희경 시인이었는데, 나는 책 작업이 끝나고 나서야 그의 시집들을 읽었고 우리는 곧 친구가 되었다.

유희경 시인은 내 책 작업을 끝으로 퇴사한 뒤 '위트 앤 시니컬'이라는 시집 서점을 꾸렸다. 그곳을 들락거리며 아무 시집이나 골라 아무 페이지나 펼치면, 내가 아는 단어들로 이루어진 생경한 문장이 있었다. '시란 뭘까?' 하는 호기심에서 '문장을 어떻게 이렇게 쓰지?' 하는 감탄으로, 시에 대한 인상이 점점 변해 갔다. 그때부터 영감을 받고 싶으면 시집을 펼쳐 읽곤 한다.

하지만 시집을 펼치는 건 나에게 결코 쉬운 일이 아니다. 대체로 시는 술술 읽히지 않는다. 그래서 마음의 준비를 단단히 하고 머리가 가장 맑은 시간에, 읽고 싶은 기분이 들 때, 읽고 싶은 장소에서 읽는 편이다. 내게 시집 읽기는 에너지 소모가 크고 어려운 활동이다. 그럼에도 굳이 시를 읽으려고 하는 이유는, 시를 읽는 동안 감각이 좀 더 열리는 걸 느끼기 때문이다.

유희경 시인의 소개로 친구가 된 오은 시인이 어느 날 내게 말했다.

"책을 읽으면 문장이 깃들 거야."

그 표현을 접하고부터 책을 읽을 때면 어디선가 문장이 바람처럼 불어와 내 가슴을 통과해 등으로 빠져나가는 상상을 한다. 애써 부여잡지 않아도 나에게 깃드는 문장들이 있을 거라 생각하니 마음이 가볍고 상쾌해진다. 책을 읽는 마음, 시를 읽는 마음에 두고두고 도움이 될 말이다.

글 속의 '나'는 현실의 나보다 더 섬세하고
더 진지하고 치열하다. 처음엔 그것이
가식적으로 느껴져 괴롭고 부끄러웠지만
이제는 그것이 이 힘든 글쓰기를
계속해야 하는 이유임을 알게 되었다.

홍은전, 『그냥, 사람』(봄날의책, 2020)

라이트박스라는 도구 위에 종이를 겹친 채 불을 켜면 아래쪽 종이의 그림이 위쪽 종이에 투과된다. 그걸 참고하면 더 나은 선을 손쉽게 그릴 수 있다.

라이트박스를 사용하기 전에는 그림을 망칠까 봐 선을 과감하게 그리지 못했다. '실패하지 않기' 위해 자꾸만 망설였고, 이런 망설임은 그림을 '많이 그리는' 데 방해가 됐다.

라이트박스를 적극적으로 사용하게 되면서 알게 된 사실은 라이트박스가 실패를 활용하는 도구라는 점이었다. 라이트박스를 사용할 땐 실패한 그림이 많을수록, 실패한 그림이 선명할수록 이득이었다. 덕분에 망설임과 부담을 떨쳐 내고 과감하게 더 많이 그릴 수 있게 되었다.

어느 날 그림을 그리려고 라이트박스를 켜는데 이런 생각도 함께 켜졌다.

'어제 위에 오늘을 겹친 뒤 불을 켤 수 있는 라이트박스가 있다면 더 나은 오늘을 그릴 수 있지 않을까?'

이 생각을 쓰는 순간, 그 라이트박스가 바로 글쓰기임을 깨닫는다. 차이가 있다면 글쓰기라는 라이트박스는 전기로 빛을 만드는 대신 실패로 빛을 만든다는 점이었다. 나는 이 라이트빅스Light Box를 라이트박스Write Box라고 부르기로 했다.

라이트박스Write Box 안에 차곡차곡 실패를 담는다. 실패의 빛이 모여 글쓰기가 환하게 밝아지는 순간이 오면 그 빛으로 더 나은 오늘을, 더 멋진 내일을 그릴 수 있을 것이다.

자기 신화를 만들지 말며,
경계할 것.

안미옥, 『힌트 없음』(현대문학, 2020)

이 문장을 읽는 순간 허를 찔린 것처럼 아팠다. 내가 하는 창작 대부분이 자기 신화를 만드는 일에 해당한다고 여겨졌기 때문이다.

나는 SNS를 통해 일상의 편린을 그림으로 그리고 글로 쓰면서 창작 활동을 이어 가고 있다. 그 내용과 형식을 따져 보면 항상 자기미화와 작은 왜곡이 있기에, 저 문장은 매번 내 창작에 대고 '그게 맞느냐'며 추궁한다. 그러니 내 작업이 자의식을 드러내는 데 치중해 있음을 끊임없이 인지할 수밖에 없다. 최소한의 염치라도 갖게 된다. 고마운 부분이다.

때로는 이 문장에 끈질기게 추궁당하고 때로는 이 문장을 과감하게 배신하면서 창작 활동을 해 나가고 있다. 그럼에도 이 문장에는 좀체 무뎌지지 않는 날카로운 힘이 있는 것 같다. 언제쯤이면 여기서 자유로운 창작을 할 수 있을까?

어떤 문장에 허를 찔린다면, 움직일 때마다 찔린 곳이 아프다면 내가 나 스스로를 효과적으로 점검할 수 있는 도구가 하나 더 주어진 것이리라.

당신이 글을 쓰고 있는 동안에는 아무리
당신 곁에 사랑하는 연인이 있다 할지라도
당신의 마음과 집중력은 그에게서
수천 킬로미터 떨어져 있어야 한다.

시드 필드, 『시나리오란 무엇인가』(민음사, 2017)

창작의 과정은 내가 만드는 창작물과 홀로 마주하는 시간이다.

나의 고생과 고민은 나 혼자만 알고 또 앓는 것이기에 고독을 피할 수 없다. 더 나은 창작을 위해서는 스스로 부여한 고독의 시간을 성실하고 충분하게 겪어 내야 한다.

볼륨이 크고 수준이 높은 창작물일수록 더 많은 고독의 시간이 필요할 것이다. 추측건대, 높은 수준의 창작물을 꾸준히 선보이는 창작자는 성실하고 집요하게 고독의 시간을 꾸준히 확보하고 있을 확률이 높다. 좋은 창작이 좋은 고독에서 비롯된다고 말하는 건 어폐가 있지만(……좋은 고독이란 뭘까?) 성실한 창작은 성실한 고독에서 비롯된다고 말할 수는 있겠다.

즐거움과 함께할 것.
실패와 친해질 것.
성실하게 고독할 것.

지금껏 모아 온 나만의 지침들이다. 앞으로는 더 큰 볼륨으로, 더 수준 높은 창작을 하고 싶다. 그러려면 예전보다 고독을 더욱 소중히 여겨야 할 것이다.

내 행복은 작고 쉬워.

012

SNS에는 게시물을 본 사람이 피드백으로 표현할 수 있는 '좋아요' 버튼이 있다. 페이스북에는 엄지 모양, 인스타그램에는 하트 모양이 있고, 트위터에는 '마음에 들어요' 버튼이 하트 모양으로 있다. 하루에도 몇 번씩 많은 사람이 이 버튼을 누른다.

그런데 '좋아요'라든지 '마음에 들어요'라는 식의 표현은 상대방에게 주는 말이지 나에게 주는 말은 아니다. 그 표현을 나에게 주려면 '좋다' '마음에 든다'라고 해야 한다.

일단 '좋다' 버튼을 머릿속에 하나 만든다. 버튼을 누르는 방법은 간단하다. "좋다"라고 작게 소리 내서 말해 보는 것이다. 그렇게 하다 보면 좋음에 대한 감각이 활성화되어, 좋은 것에 대한 나만의 기준과 확신이 점점 생겨난다. 그것을 그때그때 기록해 두면 좋음은 온전히 내 것이 된다. 그 기록이 차곡차곡 쌓여 내면의 두께가 될 것이다.

'싫다' '밉다' '구리다' 버튼을 가지고 다닐 수도 있겠다. 하지만 좋음에 집중할수록 좋음을 닮아 가고 나쁨에 집중할수록 나쁨을 닮아 간다. 나쁨을 감각하고 구별할 줄 알아야겠지만 그것을 계속 지니고 다니다 보면 불행에 가까워질 것이다. 기왕이면 삶이 행복에 가까운 게 좋지 않을까.

'좋다' '마음에 든다' '사랑스럽다' '행복하다' '닮고 싶다' '소중하다' '귀하다' 등의 버튼을 머릿속에 넣어 다니며 해당하는 순간에 버튼을 꾹 눌러 보자. 액정 속 버튼을 눌렀을 때 색깔이 채워지듯 시선과 감각이 오롯이 나만의 색으로 채워질 것이다.

재주가 덕을 넘어서는 안 된다.

조훈현, 『고수의 생각법』(인플루엔셜, 2023)

글쓰기의 재미를 트위터로 알게 된 때가 있다. 140자를 넘지 않는 짧은 글을 쓰는 일이 재미있는 놀이가 될 수 있다는 게 신기했다. 쓸 말 못 쓸 말 다 써 보면서 트위터 생활에 흠뻑 빠져들었다. 아내를 만난 것도 트위터를 통해서였다(『이렇게 될 줄 몰랐습니다』 참고).

한편으론 글쓰기의 무서움도 알게 됐다. 트위터의 확산성과 즉각적인 피드백은 즐거움과 더불어 아슬아슬한 상황도 곧잘 가져다주었다. 어리석은 처신으로 수많은 사람에게 조리돌림을 당하며 크게 낭패를 본 일도 있었다. 그 경험을 하고 나서야 내 정신력이 그리 강하지 않다는 걸 알게 됐다. 재미있게 표현한다고 해서 마냥 좋은 게 아니라는 것 또한.

그때부터 좀 더 신중하게 글을 쓰기 시작했다. 아무리 기발한 표현이더라도 조롱, 혐오, 편견, 폭력의 요소가 들어 있다면 이를 감지하고 일단 쓰는 걸 멈췄다. 무엇보다 정중함을 잃지 않으려고 노력했다.

정중하게 쓰는 동안에는 재미 속에 도사리는 유해함을 걸러낼 수 있었다. 내 트윗은 점점 재미없는 트윗이 되어 갔지만, 나는 계속해서 정중한 문장을 쓰려고 의식하며 올바른 맞춤법과 띄어쓰기를 함께 익혀 갔다. 그러자 내 안에서부터 좋은 변화가 일어났다. 하루아침에 일어난 변화는 아니었다. 몇 년간 서서히 진행되고 있다가, 어느 순간 내 글과 말투가 확연히 달라졌음을 자각하게 된 것이다.

정중함은 말투와 행동, 마음가짐, 창작 그리고 성격에까지 영향을 미쳤다. 단정하고 건강한 변화였다.

걷기를 통해 우리의 사고는 동적인 상태로 변하며, 이는 다른 동물들에게는 볼 수 없는 현상이다.

셰인 오마라, 『걷기의 세계』(미래의창, 2022)

014

해야 할 작업이 몰려 매우 바쁜 나날이 이어졌다. 걸어서 이동하는 시간조차 아깝게 느껴져 외발 전동휠을 타고 다녔다. 결과는 처참했다. 몇 달 뒤 나는 운동 부족으로 몸 건강이 완전히 무너졌다. 면역력 저하, 소화불량, 허리와 고관절 통증……. 이 때문에 잔병치레가 급격히 늘어나 작업할 수 있는 시간이 오히려 더 단축되었다. 줄곧 시간 낭비라고만 생각해 왔던 '걷기'가 내 최소한의 운동량을 채워 주고 있었음을 그제야 깨달았다.

이후 나는 외발 전동휠을 처분한 뒤 능동적이고 적극적인 걷기 생활을 시작했다. 집 주변 카페나 공원엔 일부러 가지 않고 굳이 걸어서 30~40분 거리에 있는 곳을 다니며 하루 한 시간 이상 걷고자 노력했다. 걷기 편한 신발을 사고, 바른 자세로 걷는 영상을 찾아보며 연습하고, 걷기에 관한 책을 읽었다. 즐겨 다니는 길 이름을 멋대로 지어내기도 하면서(겹벚꽃나무가 있는 길은 걸을 때 생각이 많이 피어나서 '겹생각길'로, 글 작업하는 카페에 가는 길은 '문장 줍는 길'로.) 나만의 걷기 루틴을 만들었다.

하루 한 시간 이상 꾸준히 걸으니 머리가 맑아지고 골반과 허리 쪽이 시원해지면서 소화도 잘됐다. 걷는 동안 눈앞에 계속 밀려드는 새로운 시각 정보 덕분에 창의적인 아이디어도 많이 떠올랐다. 책상 앞에 앉아 있을 때보다 사고 활동이 훨씬 활발해졌기에, 어느 순간 나는 걷기를 운동이 아닌 창작 활동으로 여기게 됐다. 비 오는 날에는 가뿐한 상태로 오래 걷지 못해 우울해지기도 했는데 그럴 땐 실내에서 근력 운동을 하며 걷기를 대체했다.

적극적인 걷기 생활을 이어 가며, 걷기를 생활에서 아예 제외하려 했던 과거의 어리석음을 돌아본다. 걷기는 그 자체로 길이다. 창작과 건강에 이르는 좋은 길.

우리는 심심한 상태를 좋아하지 않는다. 참 유감스러운 일이다. 심심함이 우리의 뇌를 껑충 뛰어오르게 할 수 있기 때문이다.

레온 빈트샤이트, 『삶의 무기가 되는 심리학』(심플라이프, 2019)

서너 명의 사람과 함께 횡단보도에서 신호를 기다리고 있었다. 건너편에도 서너 명쯤 있었다. 녹색 불로 바뀌었지만 나를 포함한 그 누구도 횡단보도를 건너지 않았다. 모두가 각자의 스마트폰 화면을 들여다보다가 건널 타이밍을 놓쳐 버린 상황이었다. 다음 신호를 기다리며 피식 웃었다. 그런데 웃음이 빠져나간 자리에 생각이 차오르기 시작했다.

혹시 나는 화면 속의 재미로 하루를 꽉 채우고 있는 건 아닐까? 나는 만드는 사람이기도 한데, 보기만 하느라 만드는 시간을 지켜 내지 못하고 있는 건 아닐까? 지금껏 피하는 데 급급하기만 했던 심심함이라는 상태가 깜빡거리는 녹색 불처럼 그제야 눈에 들어왔다.

불현듯 '창작자는 심심하지 않으면 손해'라는 생각이 들었다. 그렇다면 창작에서 느끼는 재미가 다른 무엇보다 큰 자극으로 느껴지도록 자극의 역치를 낮출 필요가 있었다.

언제부턴가 심심하면 손해라는 생각을 했다. 하지만 돌이켜 보면 심심한 상태를 충분히 겪는 동안 더 좋은 나만의 것을 만들어 낼 수 있었다. 녹색 불에 아무도 건너지 않았던 그때 그 횡단보도는 심심함과 관련된 상징적인 이미지로 내게 남아 있다. 모두가 심심함을 피하는 시대에 오히려 심심함을 즐긴다면 각자의 녹색 불을 볼 수 있을 거라 생각한다. 그러면 가고자 하는 곳으로 여유 있게 건널 수 있을 것이다.

아이디어를 창출하기 위해서는
움직여야 했다. (……) 연필을 종이 위에서
움직일 때, 캔버스 위에서 붓을 움직일 때,
즉 실제로 물리적인 어떤 일을 할 때만
아이디어를 만들어 낼 수 있다.

트와일라 타프, 『천재들의 창조적 습관』(문예출판사, 2006)

『아티스트 웨이』를 읽으며 알게 된 '모닝페이지'와 『하버드 글쓰기 강의』를 읽으며 알게 된 '프리라이팅' 및 '초점화된 프리라이팅'(둘 다 뒤에서 설명하겠다)을 꾸준히 실천한 덕분에, 언제 어디서든 노트를 펼쳐 종이 위에 직접 글 쓰는 행위가 힘들지 않게 됐다.

아침 시간마다 노트를 펼쳐 생각나는 대로 쭉쭉 써 내려가다 보면 글씨가 엉망이어도, 어휘가 적절하지 않아도, 문장이 이상해도 큰 상관이 없다. '기록'보다는 '쓰고 있는 행위' 자체에 집중하는 것이 더 중요하기 때문이다. 노트에 쏟아 내듯 손 글씨를 쓰는 동안에는 생각이 활성화됨을 느낀다. 멈추지 않는 손끝 움직임을 통해 생각을 시각화함으로써 더 수월하게 정리하고, 확장하고, 연결할 수 있게 된다.

사실 노트북 타자로 쓰는 글이 훨씬 덜 힘들고, 신속하고, 편집도 용이하다. 하지만 노트북이나 스마트폰처럼 인터넷이 연결된 디지털 기기를 사용하면 글 쓰는 행위에 오롯이 집중할 수 없게 된다. 설령 글쓰기에 온전히 집중하더라도, 디지털 기기로 접할 수 있는 수많은 자극적인 요소에 저항하는 데 무의식적으로 의지력을 소모하게 된다. 의지력은 유한한 자원이기에 아끼면 아낄수록 창작이나 학습에 유리할 것이다. 그런 점에서 보면 종이에 직접 글을 쓰는 편이 오히려 효과적이고 스마트한 방법이다.

디지털 기기란 초콜릿이 끊임없이 쏟아져 나오는 화수분 같다. 초콜릿만 계속 먹다가는 이빨도 썩고 성격도 급해지고 건강도 나빠질 것이다. 그렇다면 초콜릿에 군침이 도는 걸 억지로 참아야 할까. 아니, 그보다는 초콜릿을 참을 필요가 없는 환경에 스스로를 놓아두는 것이 먼저다. 그리고 내 생각에 그 환경은 바로 종이 위다.

심적 표상이란 사물, 관념, 정보, 이외에
구체적이든 추상적이든 뇌가 생각하고
있는 대상에 상응하는 심적 구조물이다.

안데르스 에릭슨·로버트 풀, 『1만 시간의 재발견』(비즈니스북스, 2016)

'아직은 잘 쓰지 못하지만 나중에 실력이 붙기 시작하면 사실은 이러저러한 소설을 쓰고 싶다'라는, 합당한 내 모습이 머릿속에 있었습니다. 그 이미지가 항상 하늘 한복판에 북극성처럼 빛나고 있었던 것입니다.

—무라카미 하루키,『직업으로서의 소설가』(현대문학, 2016)

무라카미 하루키가 언급한 '북극성'이 바로 '심적 표상' 아닐까 싶다. 미래의 내가 닿고자 하는 어떤 모습을 계속해서 머릿속에 구체적인 형상으로 떠올려 보는 것은 지금의 노력과 연습이 흩어지지 않고 하나의 방향으로 모이도록 이정표 역할을 한다.

나만의 그림체를 갖고 싶다는 열망이 컸던 나는 그 그림체의 이미지를 수시로 떠올리기 위해 이정표 문장을 하나 만들었다. '만화적이면서도 만화에 한정되지 않는 감각적인 그림체를 갖고 싶다.'

머릿속으로는 심적 표상을 떠올리는 연습을, 손끝으로는 그 심적 표상을 더듬는 연습을 계속하다 보니 어느 순간 선순환이 일어나는 게 몸으로 느껴지기 시작했다. 머릿속의 그림체와 손끝의 그림체가 점점 닮아 가며 서로를 돕는 느낌이었다. 본격적으로 그림을 그린 지 13~14년 만에 찾아온 감각이었다. 그림이 아닌 다른 분야 기술을 익힐 때에도 이 감각이 큰 도움이 될 것 같았다.

이제 나는 글쓰기에 대한 심적 표상을 떠올려 본다.

'읽는 사람의 입꼬리를 살짝 위로 움직일 수 있는 글을 쓰고 싶다.'

뇌에 있는 미엘린은 대략 쉰 살까지 계속 양이 늘어납니다. 그리고 미엘린은 살아 있는 물질이란 점을 기억해야 해요. 그것은 분해되기도 하고 다시 생성될 수도 있어요.

대니얼 코일, 『탤런트 코드』(웅진지식하우스, 2021)

018

사람의 뇌에서 신경과 신경 사이에 전기 자극이 흐를 땐 전기 손실이 일어난다. 그런데 숙달된 능력을 가진 사람의 뇌에서는 미엘린myelin이라는 흰색 물질이 전선 피복처럼 신경을 감싸고 있어 전기 손실이 거의 없다.

이 신기한 물질은 목표에 이르기 위한 '의식적인 연습' 곧 심층 연습을 할 때, 실수와 실패를 곰곰이 따져 보고 반복해서 몸으로 숙달하는 동안 생겨난다고 한다. 게다가 미엘린과 뇌의 신경 조직은 그 양이 어느 정도 한정돼 있어서, 어떤 부분의 능력이 탁월해지면 다른 어떤 부분의 능력은 축소될 수밖에 없다고 한다. 시간과 의지력이라는 한정된 자원을 어떤 활동에 집중적으로 사용하느냐에 따라, 미엘린과 신경 조직이라는 머릿속의 한정된 자원이 뇌 구조와 크기를 변화시켜 해당 부위를 강화한다는 것이다.

요컨대 실수와 실패는 능숙함을 이루는 귀한 물질을 만든다. 이 물질을 얻기 위해 나는 당장 선택한 일에 시간과 에너지를 쏟아부어 가며 실수와 실패를 수집할 것이다. 선택하지 않은 일에 대한 미련 때문에 선택한 일에 필요한 집중력을 잃으면 손해다. 마찬가지로 과거와 미래를 신경 쓰느라 현재에 필요한 집중력을 잃으면 손해다.

'카르페 디엠'(현재를 잡아라), '메멘토 모리'(죽음을 기억하라) 같은 말이 한정된 자원(미엘린, 시간, 의지력 등)의 손실을 막아 내라는 뜻이었음을 알게 되자, 뻔한 줄 알았던 경구가 내 안에서 새로이 작동하는 것을 느낀다. 미엘린의 존재를 알게 된 뒤로 실패에 대한 용기와 지금에 대한 확신은 이전보다 단단해졌다.

당신이 가질 수 있는 가장 나쁜 습관은 하루의 첫 한 시간에 스마트폰을 쓰는 것입니다.

짐 퀵
(유튜브 『작심만일』, 「성공한 엘리트 중 상위 10%는 '이것'이 달랐다」) 편)

어느 날 유튜브 알고리즘이 짐 퀵의 강의 영상을 띄워 줬다. 그걸 본 뒤로 아침에 일어나 처음 한두 시간은 절대 스마트폰을 보지 않으려고 노력했다. 아침 작업량이 치솟았다. 내친김에 강의 영상을 찾아 몇 번 더 보고 짐 퀵의 책도 주문해 읽었다.

이 과정을 되짚어 봤다. 비슷한 식의 또 다른 좋은 변화를 계속 만나고 싶었기 때문이다. 우선은 자기계발에 대한 나의 지속적인 관심이 유튜브 알고리즘에 작용했을 것이다. 이 말은 곧 평소 관심을 어디에 두느냐에 따라 생각의 지형이 바뀌고 행동의 지형도 바뀜을 의미한다. 그런 일이 반복되면 뇌의 지형이 바뀌고 나아가 삶의 지형이 바뀔 것이다.

내가 보내는 시간이 나의 뇌를 구성하고 디자인한다. 그렇다면 내 시간을 아름답고 건강하고 밝은 것들로 채워 나가고 싶다. 나는 쉽게 어두워지는 사람이기에.

내가 어두워지는 이유 중 하나는 호기심이다. 호기심은 창작에 중요한 역할을 한다. 하지만 이 호기심 때문에 위험하고 어둡고 고통스럽고 혐오스러운 것을 자주 들춰 보게 되고 거기에 이끌리는 경우가 많다. 스마트폰을 자주 사용하는 데에도 더 자극적이고 더 재미난 것에 대한 호기심이 크게 작용한다. SNS에 올린 창작물에 대한 피드백을 확인하느라 하루에도 수십 번씩 스마트폰을 들여다본다. 그러다 짧은 영상들에 휩쓸려 시간을 낭비하는 일이 부지기수다.

관심 있는 분야의 키워드를 미리 준비해 놓고 자주 검색해 볼 것. 알고리즘에 휩쓸리기보다는 알고리즘을 내게 유익한 쪽으로 디자인할 것. 이제 나는 스스로를 훼손하지 않도록 무분별한 호기심은 제어하려고 의식하는 중이다.

높은 생산성은 아무나 발휘할 수 있는 그런
것이 아니다. 가장 중요한 우선순위를 위해
시간을 늘 따로 확보해 두고, 그 시간을
보호하고, 그 시간을 최대한 효과적으로
활용했을 때
자신이 할 수 있는 최고의 생산성을 발휘할
수 있을 것이다.

게리 켈러·제이 파파산, 『원씽』(비즈니스북스, 2013)

여덟 시간의 충분한 수면(중요!) 뒤에 기상해서 맞이하는 첫 서너 시간. 하루 중 이때만큼 능률이 좋은 때가 없다.

한동안 그 시간에 운동을 했다. 운동으로 몸을 깨운 다음 주요 과업을 수행하면 능률이 더 오를 거라고 생각했다. 그러다가 주요 과업의 진행이 더디기에 순서를 한번 바꿔 봤다. 그랬더니 이번에는 주요 과업의 능률이 오르고 운동할 때 집중력이 떨어졌다. 작업실에서 홈 트레이닝을 주로 하기에 차이를 확연히 느낄 수 있었다.

책이 잘 읽히지 않던 무렵에는 이 시간에 책을 읽었더니 책이 술술 읽히고 평소와는 다른 인사이트도 많이 얻었다. 글쓰기도 마찬가지였다. 드로잉이나 만화 작업도 유난히 더 잘되는 게 느껴졌다. 내 나름의 실험에 성공하고 나서부터는 이 시간대를 '기적의 구간'이라 부르기 시작했다. 뭘 하든지 내가 끌어올릴 수 있는 최고 수준의 능률로 활동할 수 있었다.

'기적의 구간'을 받아들인 뒤로 일과를 계획할 때 큰 변화가 생겼다. 우선 의지력만으로 해낼 수 있다는 자만과 자기과신을 버렸다. 그리고 갖고 싶은 루틴이나 배우고 싶은 것이 있다면 그 활동을 일정 기간 '기적의 구간'에 담았다가 뺐다.

여덟 시간의 충분한 수면 뒤에 맞이하는 첫 서너 시간 동안 기적이 일어난다. 여기에 어떤 활동을 넣느냐에 따라 인생의 방향이 그쪽으로 기울어질 것이다. 즉, 그 시간의 활동을 통해 자신의 뇌와 인생을 주체적으로 디자인할 수 있게 되는 것이다.

머릿속에서 생각이 일어나듯
종이 위에서도 생각이 일어난다.
"종이 혹은 컴퓨터 화면 위에 메모를
끄적이는 이유는 (......) 현대물리학을
비롯한 지적인 시도를 좀 더 쉽게
만들기 위해서가 아니다. 그렇게 해야
비로소 그 모든 것이 가능해지기
때문이다."

손케 아렌스, 『제텔카스텐』(인간희극, 2021)

글과 그림은 생각 이후에 가능한 활동이라고 여겨 왔다. 이제는 아니다. 쓰고 그리는 과정이 곧 생각이자 생각의 기술임을 알게 됐다.

쓰는 동안 생각이 일어난다. 쓰는 게 곧 생각이다. 그림도 마찬가지다. 그려지지 않은 그림보다 그려진 그림에서 더욱더 구체적인 계획이 생겨난다. 그리는 것 또한 선, 색, 형태에 관한 생각이다.

이 점을 알게 된 뒤 결과물에 연연하지 않고 계속 쓰고 그릴 수 있게 되었다. 잘 쓰고 잘 그려야 한다는 부담이 크게 줄어들었다. 더 많이 쓰고 더 많이 그리면서, 더 잘 생각할 수 있게 되었다. 생각이 머릿속에 그치지 않고 시각화되면 한 단계 발전한 생각으로 쉽게 뻗어 나갈 수 있다.

잉크가 다 마른 그림, 저장 완료된 문서가 중요한 게 아니다. 잉크 심에서 잉크가 줄어드는 모습. 글자를 뱉으며 오른쪽으로 이동하는 커서. 바로 그 '움직임'이 중요하다. 생각은 바로 그 움직임이 지속될 때 쏟아져 나온다. 그럴 때마다 나는 더욱 생생하게 살아 있다는 느낌을 받는다.

사랑은 창의력을 북돋고, 혁신으로
이어지는 브레인스토밍의 과정이나
동기부여적 자극을 촉진하며,
사랑 호르몬이라고 불리는 옥시토신이
창의적 활동을 향상시킨다는 증거가
속속 나오고 있다.

스테파니 카치오포, 『우리가 사랑에 빠질 수밖에 없는 이유』(생각의힘, 2022)

돌이켜 보면 아내를 만나기 전의 나는 오직 성공하고 싶다는 야망에만 의존했었다. 위대한 작품을 만들어 부와 명예를 얻고야 말겠다는 야망. 그 야망으로 나는 지나치게 비장해졌고, 위대한 것과 위대하지 않은 것이라는 이분법으로 세상을 바라보았다. 생활보다는 작업의 성취가 무조건 우선이었다. 그래서 생활이 망가지는 것도 대수롭지 않게 여겨졌다. '생활하는 나'를 소홀히 하고 '창작하는 나'만 소중히 했다.

하지만 비대한 꿈에 비해 현실의 내 모습은 게으르고 초라하기만 했다. 자괴감과 열등감에 휩싸인 시간이 이어졌다. 그럴수록 오로지 야망만이 내 동력이고 희망이었다. 사랑이나 행복은 너무 뻔한 이야깃거리 같았고, 별로 알고 싶지도 그려 내고 싶지도 않았다. 세상엔 왜 그리 사랑 이야기가 많은 건지 불만을 가질 정도였다. 어느덧 야망의 독기에 '생활하는 나'의 내면과 몸은 병들어 갔고 '창작하는 나'도 함께 병들어 갔다.

아내와 사랑에 빠지고 난 뒤에야, 야망을 앞세우던 내 삶의 전략이 얼마나 허술한지 알게 되었다. 그 전엔 몰랐다. 사랑이 곧 행복이고, 건강이고, 발전이고, 성공이라는 걸. 무언가를 잘하고 싶다면 독한 야망을 가질 게 아니라 그 무언가와 깊이 사랑에 빠져야 한다. 야망에서 사랑으로 동력이 변화하자 '생활하는 나'를 '창작하는 나'보다 먼저 돌보게 되었다. 그랬더니 둘 다 좋아졌다.

자기계발과 사랑은 연결되어 있다. 사랑을 하면 실제로 생각과 활동에도 좋은 변화가 생긴다. 자기계발은 자신에 대한 사랑이기도 하다. 그리고 그 사랑은 타인과의 사랑을 통해 크게 증폭되기도 한다.

누구나 읽지 않고서는 읽는 것을
대체할 방법이 없습니다.

유튜브 『우기부기 TV』

023

나보다 앞서 경험한 사람들 말에 휘둘려 나 스스로 온전히 경험할 기회를 도둑맞지 말아야 한다. 요약본이 판치는 세상에서 압축된 정보만을 손쉽게 섭취하는 것은 자기 시간을 버는 게 아니라 깊은 체험을 통해서만 발달시킬 수 있는 고차원적 인지 능력의 혜택을 스스로 포기하는 셈이다. 온갖 리뷰가 주는 정보는 참된 지식으로 건너갈 수 있는 요긴한 힌트일 뿐이다. 따라서 직접 체험의 기회 정도로 삼는 편이 이로울 것이다.

"그거 써 봤는데 별거 없던데?" 어느 날 지인의 말을 듣고서 쓰지 않을 뻔했던 2B 스케치 샤프. 지금껏 나는 이 샤프를 8년째 주요 그림 도구로 활용하고 있는데, 이 도구가 내 그림의 정체성과 작업 효율에 큰 영향을 주기도 했다. 남들에게는 별로 좋지 않게 느껴지는 것이 나에게는 매우 이로울 수 있다. 반대로 남들이 좋다고 하는 게 나와는 전혀 맞지 않을 수도 있다. 최대한 직접 경험해 봐야 나만의 데이터, 나만의 경험치가 쌓인다.

『우리는 왜 잠을 자야 할까』라는 책을 완독하는 동안, 읽는 행위의 또 다른 차원을 발견한 경험이 있다. 책은 제법 두꺼운 편이었지만 나는 이 책을 마지막 페이지까지 잘근잘근 씹어 먹겠다는 생각으로 읽었다. 내용을 깊이 파악하는 것과는 별개로 그 두께를 스스로 견디면서 읽는 시간을 통과하는 과정 자체가 값진 경험이었다. 리뷰나 후기, 요약본으로 대체될 수 없는 시간의 영역, 다짐의 영역이 있었던 거다. 실제로 이 책을 완독한 이후 책 내용과 더불어 그 책을 읽으며 통과한 '시간'이 그대로 내게 새겨져, 지금도 잠을 소홀히 하지 않는 데 큰 도움이 되고 있다.

'솔깃한 이야기이지만 실제로
그럴 리 없다'고 말하는 사람들도 있다.
물론 불필요한 물건을 매일 하나씩 버리고,
방을 일부 정리한 것만으로는 당연히
큰 효과를 기대할 수 없다.
하지만 어떻게 정리하느냐에 따라
인생은 크게 달라진다.

곤도 마리에, 『정리의 힘』(웅진지식하우스, 2020)

처음으로 개인 작업실을 쓰게 됐을 때의 일이다. 공간이 너무 휑하게 느껴져서 작업과 운동에 필요한 자잘한 도구를 하나씩 장만해 나갔다. 그러다 보니 금세 공간이 가득 찼다. 작업이나 운동을 하려면 일단 치우는 시간을 거쳐야 했다.

알게 모르게 스트레스를 받다가 결국 대대적인 작업실 정리를 결심했다. 짐을 덜어 내니 여유 공간 속에서 신체 활동이 가뿐해지고 머리가 쌩쌩 움직이기 시작했다.

'활동이 수월하려면 여유 공간이 필요하구나.'

일주일에 걸쳐 대대적인 작업실 정리를 끝내고 여유의 힘을 극적으로 체험하고 나니, 정신적 공간도 물리적 공간과 마찬가지 아닐까 싶어졌다. 생각을 정리하고 비워 내야만 생각을 더 잘할 수 있었다. 정신적 여유 공간은 정보를 지식으로, 지식을 행동으로 끌어내는 데 큰 도움이 되었다. 운동, 명상, 글쓰기, 그림 그리기, 독서가 정신적 여유 공간을 만들고 그 자체로 창작 활동이 되기도 했다.

여유 공간을 만들면 더 자유롭고 매끄럽게 움직일 수 있다. 좋은 움직임은 더 좋은 움직임을 부른다. 이 연쇄 반응을 지속적으로 가능하게 하려면 정리를 통해 여유를 확보하는 일을 생활화해야 할 것이다.

한때는 강박을 동력원으로 활용했지만, 이제는 여유를 동력으로 삼는다. 마음의 여유, 공간의 여유, 체력의 여유, 시간의 여유, 경제적 여유. 여유 공간은 그냥 비어 있는 곳이 아니라 숨이 드나드는 곳이며, 활동을 수월하게 만드는 도구다.

여유에 이유가 생기면, 여유는 기능하기 시작할 것이다.

성공의 정도가 자기계발의 정도를
넘어서는 경우는 극히 드물다.
왜냐하면 성공이란 당신이 어떤 사람이
되었느냐에 따라 따라오는 것이기
때문이다.

짐 론
(할 엘로드, 『미라클 모닝』, 한빛비즈, 2016에서 재인용)

이 개인 작업실에서 세 번째 겨울을 맞는다. 지난 두 번의 겨울은 몹시 추웠는데 오래된 건물이라 그러려니 하며 전기난로와 담요로 겨우 버텼다. 그런데 아무리 생각해도 이상했다. 난방을 켜면 따뜻해지지는 않더라도 최소한 바닥에서 냉기는 올라오지 않아야 하는 거 아닌가?

냉기와 함께 치밀어 오른 짜증으로 건물 관리실에 문의했더니 관리자분이 와서 싱크대 아래쪽 문을 열어 보았다. "밸브가 잠겨 있네." 그러곤 잠겨 있던 밸브 하나를 쓱 열어 주고 갔다. 문의에서 조치까지 3분도 채 걸리지 않은 시간. 그게 다였다. 잠시 후 냉기가 올라오던 작업실 바닥이 따뜻해지더니 곧 더워서 땀이 날 지경이 되었다. 지난 두 번의 겨울을 생각하니 헛웃음이 났다.

문득 생각했다. 냉기가 올라오던 작업실 바닥에 온기를 돌게 한 밸브는 싱크대 밑에만 있는 게 아니라고. 어디 있는 줄 몰라서 방치하고 있던 밸브들이 내 안에도 항상 있었다. 나는 적재적소에 맞는 밸브를 열고 잠글 수 있는 사람이 되고 싶다. 그러려면 밸브 각각의 이름과 기능, 위치를 알아야 한다. 내 몸과 정신을 더 자세히 알아 갈수록 최적의 상태에서 최선의 창작을 할 수 있을 것이다.

내 안의 밸브들을 찾아내고 각각의 이름과 사용법을 익히는 것. 나는 그게 바로 자기계발이라고 생각한다.

우리는 흔히 직업에서 대가의 경지에 이르면 그 결과로서 행복을 얻는다는 식으로 생각한다. 충족감은 우수한 경지에 이른 뒤에야 찾아오는 보상이라고 여기는 것이다. 하지만 자신의 직업에서 우수한 경지에 이르고도 행복하지 못한 사람들이 얼마나 많은가?

토드 로즈·오기 오가스, 『다크호스』(21세기북스, 2019)

026

지금의 내가 완성으로 가는 과정에 놓여 있다는 생각을 의심해 본다.

완성이란 추구하던 지점에 도달해 멈춰 버리는 부분이 생긴다는 의미이기도 하다. 멈춰 있는 것이 완성이라고 생각하니 재미없고 맥이 빠진다.

먼 미래의 '완성된 나'를 상상해 본다. '완성된 나'는 지금의 내 의식과 어느 정도 연결된 더 나은 버전의 나일 것이다. 하지만 완성을 인정하면 멈춰 버린다는 것을 알고 있기에, '완성된 나'는 완성을 인정하지 않고 과정을 택할 것이다. 그렇다면 먼 미래에도 완성은 과정으로서 존재하게 되는 것이다.

완성이 과정이라니.

지금은 과정이니 지금 또한 완성인 것이다. 지금의 자신감을 미래로 미뤄 봤자 미래 또한 과정이기에 지금의 자신감만 잃을 뿐이다. 지금 가질 수 있는 자신감을 오롯이 가져야 한다. 그게 이득이다.

먼 미래의 내가 완성이 아닌 과정을 택할 거라면, 지금의 나 역시 완성을 섣불리 확신할 수 없다. 그렇기에 지금에 대한 겸손함 역시 가져야 마땅하다. 그게 안전하다.

지금의 내가 완성으로 가는 과정에 놓여 있다는 생각을 다시 한번 의심해 본다. 완성을 선택하지 않는다. 더 나아지는 과정을 선택한다.

그게 더 재미있을 테니까.

'나는 진짜 잘될 거야'
'내가 1위가 돼야 해' 이런 마음 없이
그냥 아무 생각 없이, 진짜 아무 생각 없이!
비트 만드는 것도 아무 생각 없이 시작했고,
랩도 아무 생각 없이 시작했고,
디제잉도…… "우와, 나 해 볼래!"

MBC 『전지적 참견 시점』에서 래퍼 기리보이가 출연해서 했던 말

나는 생각이 많은 편이다. 생각이 많으면 어떻게든 그걸 창작물로 옮길 수 있으니 창작자 입장에서는 마냥 좋은 거라고만 여겼다. 하지만 대부분의 생각이 '생각을 만드는 생각'이 되면서부터 머리가 복잡해지기 시작했다.

예를 들면 이런 식이다. 나는 어떤 일이 잘되지 않을 때 그 일을 풀어 나갈 고민을 하는 게 아니라, 일을 잘하지 못하는 나에 대한 고민을 했다. 자연스레 태도나 마음가짐을 반성하게 됐고, 과연 근본적으로 내 재량을 쌓아 나갈 수 있을지 스스로에게 추궁했다. 길게 보면 옳은 고민이지만, 당장 직면한 문제에 대한 해결책과는 거리가 멀다.

그래서 일단 몸을 움직이기로 했다. 무작정 하루에 한 시간 이상 산책하고, 실내에서는 스트레칭과 근력 운동을 나만의 루틴으로 삼아 두 시간씩 꾸준히 했다. 지속적으로 몸을 움직여 운동하니 차츰 활력이 붙었다. 또한 내 머릿속이 어떤 상황인지도 조망할 수 있게 되었다. '몸으로 생각해 보자. 좋은 몸에서 좋은 생각이 나올 것이다.'

이런저런 복잡한 생각을 덜어 내고 생각의 프로세스를 심플하게 바꿔 보기 시작했다. 생각을 만드는 생각은 버리고, 행동으로 이어지는 생각은 남겼다. 그랬더니 머릿속이 점점 가뿐해지면서 생각과 행동이 서로를 견인하며 앞으로 나아갔다. 몸을 움직이면서 하는 생각은 몸을 움직이기 전에 했던 생각과는 아예 다른 속성의 생각이었다.

생각한 뒤에 행동하는 것이 틀렸다는 얘기가 아니다. 다만 생각이 많은 사람에게는 생각 자체가 덫이 될 수 있으니, 일단 몸을 움직여 보면 더 좋은 생각을 얻을 수 있을 것이라는 말이다.

한동안 여느 사람들과 마찬가지로
메모를 모으고, 책 귀퉁이에 감상을
남기거나 주제별로 메모들을 모아 두었던
루만은 이런 메모법으로는 아무런 결실도
맺지 못한다는 것을 깨달았다. 그래서
카테고리에 메모를 추가하거나 각각의
책에 메모를 남기는 대신, 작은 종이에
한꺼번에 메모하고 종이 귀퉁이에 번호를
단 뒤 메모한 종이들을 모두 한곳에
모았다. 메모 상자를 만든 것이다.

손케 아렌스, 『제텔카스텐』(인간희극, 2021)

028

제텔카스텐Zettel Kasten은 '메모 상자'라는 뜻의 독일어로, 1960년대 독일 사회학자 니클라스 루만의 메모 시스템을 일컫는 말이기도 하다. 루만은 작은 메모들을 메모 수납함에 가지런히 넣은 뒤, 수납함 속 메모들과 대화하고 토론하듯 지식 체계를 구축하고 확장했다고 한다.

제텔카스텐은 알면 알수록 내 취향이었다. 제텔카스텐의 장점을 디지털 기기의 편의성과 결합한 프로그램도 있지만, 내가 보기에 제텔카스텐의 가장 큰 매력이자 장점은 바로 '불편'이었다. 메모를 직접 손으로 계속 쓰고 만지며 검토하는 동안 메모와 메모가 연결되어 참신한 아이디어로 발전하는 듯했다. 편리한 디지털 기기를 사용하면 숱한 유혹에 저항하느라 무의식적으로 의지력이 소모된다는 걸 알게 된 이후, 종이 위에서 손끝으로 하는 활동을 통해 오히려 기적의 빈도를 더 높일 수 있다고 확신하게 되었다.

이제 남은 것은 하나. 제텔카스텐 비슷한 수납함을 구하는 일이었다. 하지만 아무리 찾아도 마음에 드는 메모 수납함을 구할 수가 없었다. 답답한 마음에 SNS에 글을 올렸더니, 나무로 된 데스크 제품을 만드는 업체 '콜렉토그라프'에서 관심을 보였다. 그렇게 수납함 주문에 들어가 현재 콘셉트 드로잉과 메일을 주고받으며 제작을 진행하는 중이다.

겹겹의 작은 종이로 이루어진 제2의 뇌와 대화하는 상상을 해 본다. 나만의 메모 수납함을 관리하며 즐기는 동안 지식 습득과 창작 활동이 극적으로 확장될 수 있지 않을까 기대하면서.

읽고 쓰는 것은 가장 효과적인 자기계발이다. 나무로 만들어진 자기계발의 조력자를 설레는 마음으로 기다려 본다.

프리라이팅이라는 자유연상 행위는
정보의 망을 서로 연결하는 데
도움을 준다. 그다음으로 초점화된
프리라이팅이라고 불리는 변형된
방법에서도 자유연상의 과정을
활용할 것이다. 하지만 이 방법에서는
프리라이팅을 할 때 우리의 마음이 어디든
가고 싶은 데로 가게 하는 것이 아니라,
특정 주제에 초점을 맞춰 자유연상을
하도록 요구할 것이다.

바버라 베이그, 『하버드 글쓰기 강의』(에쎄, 2011)

'모닝페이지'가 의식을 최적화하는 복합적이고 내면적인 글쓰기라면, '프리라이팅'Free Writing은 창작 활동이라는 측면에 더 초점을 맞춘 글쓰기다. 방법은 간단하다. 10분간 멈추지 않고 뭐라도 계속 써 보는 것. 그러면 그다음부터 술술 쓸 수 있게 된다.

프리라이팅으로 글을 쓰다가 어떤 글감을 발견했을 때 그 소재를 가지고 집중적으로 프리라이팅을 하는 방식이 바로 '초점화된 프리라이팅'이다.

여기 미라클 모닝, 모닝페이지, 프리라이팅을 조합해 정착시킨 내 나름의 글쓰기 방식을 소개한다(지금은 마인드맵도 추가했는데, 뒤에서 다시 소개하겠다).

1. 노트 세 권을 준비한다.
2. 첫 번째 노트에 모닝페이지를 쓴다.
3. 2번에서 발견한 번뜩임이 있다면, 두 번째 노트에 그에 관해 초점화된 프리라이팅을 한다.
4. 세 번째 노트의 페이지를 반으로 접었다가 편다. 왼쪽에는 대강의 얼개라든지 편집 주안점 등을 간단히 쓰고, 그것을 나침반 삼아 오른쪽에 구조와 내용에 더 집중해서 다시 쓴다.
5. 타이핑으로 정리한다. 최대한 짧고 명료하게 쓰는 데 집중해서 마무리한다.

이렇게 하면 글쓰기 과정이 막연하지 않고 구체적이면서도 명쾌해진다. 모닝페이지와 프리라이팅을 손에 익히는 동안, 한번 글로 쓴 것이 최종 텍스트는 아니란 점도 환기하게 될 것이다.

성과를 미리 그려 봄으로써 현실에서
긍정적인 결과를 만들어 낼 수 있다.

할 엘로드, 『미라클 모닝』(한빛비즈, 2016)

030

미루던 일이 차곡차곡 쌓이는 모습을 무력하게 지켜보다가 어느 순간 갑자기 뚝딱 해치워 버릴 때가 있다.

그 힘의 정체는 도대체 무엇일까? '더 이상은 안 돼'라는 상한선 때문일까? 미루고 미루던 시간을 통해 충전된 의지력 덕분일까? 아니면 '그냥 한번 해 보자'는 생각 때문일까? 만일 그렇다면 그 생각은 언제 찾아오는 걸까? 그 생각을 자주 찾아오게 하려면 뭘 어떻게 해야 하는 걸까?

어제 나는 미루던 일을 다 마친 뒤의 홀가분한 내 마음 상태를 잠깐 상상했다. 그랬더니 마법처럼 움직일 힘이 생겨났다. 그렇게나 미루던 일들을 하루 만에 뚝딱 해치웠다. 이 과정이 너무도 신속했기에 신기한 마음으로 곱씹어 보는 중이다.

미래의 내 마음에 잠깐 다녀왔을 뿐인데, 불쑥 '그냥 한번 해 보자'는 생각이 몸을 움직였다. 상상이 일상을 정돈한 셈이다.

문장이 좀 더 나아질 생각의 지표라면, 상상은 그에 앞서 문장을 쓰고 싶어지게 하는 힘과 관련이 있는 듯하다. 미래의 마음에 다녀오는 일은 현재를 움직이는 좋은 힘이 된다.

현대사회의 근본적인 가설부터
잘못되었다. 불편을 최소화하고 행복을
최대화하려는 노력 자체가 노화를
가속하고 있다. 이 근본적인 오류를
이해하고 약간의 불편을 감수한다면
남은 생애에는 편안함을 늘릴 수 있다.

정희원, 『당신도 느리게 나이 들 수 있습니다』(더퀘스트, 2023)

자기계발서를 탐독하는 이유는 정신과 신체의 퍼포먼스를 끌어올려 생활과 업무의 정확성을 높이기 위해서, 즉 효율을 높이기 위해서다. 높은 효율을 추구한다는 것은 스마트함, 편의성과 닿아 있을 거라고 짐작했다. 하지만 자기계발의 측면에서는 정반대였다. 자기계발서를 읽을수록, 스마트하고 편의성 좋은 기기를 사용하는 것은 정신과 신체를 발달시켜 더 나은 퍼포먼스를 하는 데 오히려 방해가 된다는 사실을 알게 되었다.

가급적 스크린 기반의 기기를 멀리하고 인쇄 매체를 자주 접하며 손 글씨를 즐겨 사용하면, 뇌 신경 회로의 유의미한 발달을 도모하고 정신적 자원의 불필요한 소모를 줄일 수 있다. 힘들고 괴롭더라도 걷기, 유연성 운동, 근력 운동 등을 꾸준히 하면 뇌로 가는 혈류를 늘리고, 유연하고 강해진 몸으로 자기효능감을 키울 수 있을 것이다.

요컨대 자기계발은 편의성이 아닌 불편함을 추구함으로써 정신과 몸을 계속 움직이게 만드는 일이다. 신체와 정신의 관계, 심심함에서 비롯하는 창의성, 약간의 불편함과 괴로움이 끌어내는 몰입감을 이해하지 못한 채로 자기계발에 임하면 쉽게 흥미를 잃거나 포기하게 될지도 모른다.

자기계발 측면에서 불편함, 심심함, 괴로움의 이유를 정확하게 알면 몸과 마음에 장기적으로 좋은 효과를 불러올 수 있다. 그런 점에서 자기계발은 자신에 대한 사랑이나 다름없다. 생활과 업무를 사랑으로 나아지게 하는 것이다.

눈앞의 일 말고는 우리의 기억 속을 떠돌며 귀중한 정신적 자원을 차지하는 일들이 없어야 (……) "물처럼 흐르는 마음" 상태를 경험할 수 있다.

숀케 아렌슨, 『제텔카스텐』(인간희극, 2021)

032

'정신적 자원' '인지적 에너지' 같은 개념은 주의력을 대강이나마 계량해 가늠할 수 있는 감각을 만들어 준다. 이 감각은 높은 집중력을 유지한 상태로 하루를 운용하는 데 도움이 된다. 주의력이 무한하지 않고 한정된 정신적 자원임을 상기시켜 주기 때문이다. 주의력의 잔여량을 신경 써서 관리하는 한편 그 총량을 유지하고 늘리는 데 시간과 에너지를 꾸준히 투자해야 삶의 질을 높일 수 있을 것이다.

7.5시간 이상의 깊고 충분한 수면, 뇌 기능 향상에 도움이 되는 건강한 식단, 단순당과 정제 곡물 섭취 절제, 명상, 운동(스트레칭, 근력 운동, 걷기 병행), 스크린 기반의 기기를 가급적 멀리하기(혹은 일과의 후반부에 사용하기)…… 이 정도만 지켜도 정신적 자원의 손실을 최소화할 수 있다.

실제로 이 책을 쓰면서 자기계발에 대해 탐구하며 직접 실천해 보는 동안 점점 더 의식이 선명해지고 신체 활동 능력도 좋아지는 것을 느꼈다. 이 책을 쓰게 되어 다행이다. 자기계발을 극적으로 해 보고 싶다면 자기계발에 대한 책을 써 보는 것은 어떨까? 계약까지 해 버리면 도망갈 수도 없다(…).

연구 결과에 따르면 우리는 멀티태스킹의
비효율성으로 인해 매일 평균 28퍼센트의
근로시간을 낭비한다고 한다.

게리 켈러·제이 파파산, 『원씽』(비즈니스북스, 2013)

즐거움을 동력 삼아 작업하던 무렵, 즐거움이 방전될 때까지 하나에 몰두하면서 여러 작업을 돌아가며 하는 게 똑똑한 방법이라고 생각했다. A, B, C 작업이 있을 때 A작업을 하다가 더 이상 재미가 없어지면 B작업으로 도망가고, B작업이 재미가 없어지면 다시 C작업으로 도망가고, C작업이 재미가 없어지면 다시 A작업으로 도망가는 방식으로 '도망 서클'을 그리면서 작업에 임했다.

어느 정도는 유효한 방법이었다. 하지만 작업 건수가 넷을 넘어가는 순간, 작업을 전환하기도 작업에 몰입하기도 어려워졌다. 결국 모든 작업을 동시에 망치게 됐다. '도망 서클'에 과부하가 걸리자 어느 한 작업에도 제대로 머물지 못했고, 그 때문에 진척 없이 공회전만 반복하며 시간과 에너지를 축냈던 거다.

'작업을 전환하는 데에도 시간과 의지력이 소모된다. 게다가 멀티태스킹이란 사실상 불가능한 것이며, 아주 극소수의 타고난 사람만 가능하다.'

책에서 이런 내용을 접했을 때 정신이 번쩍 들었다. 이후 최대한 작업 건수를 줄이고 한 번에 하나씩 끝내려고 노력했다. 이제 다른 종류의 즐거움과 친해질 타이밍이었다. 도망치는 방식으로 작업할 때의 즐거움이 표면적인 자극에 가까웠다면, 한 번에 하나씩 작업할 때의 즐거움은 '하기 싫음'의 시간을 정면으로 견디면서 얻어 낸 몰입감에 가까웠다.

재미없고 하기 싫어도 꾹 참고 견디면 새로운 종류의 즐거움을 맛볼 수 있다. 그 즐거움이 성취감과 더불어, 한 가지에 끈기 있게 집중하는 정신적 근력을 키워 주었음은 물론이다. 나에게 훨씬 이로운 즐거움이었다.

외장형 기억에 대한 우리의 의존도가
점점 커지는 동시에 다양한 정보원이
우리의 주의를 폭발적으로 분산시키면서
작업 기억의 질과 양은 물론, 궁극적으로는
장기 기억으로 다져지는 과정마저
누적적으로 변할 수 있다는 것입니다.

매리언 울프, 『다시, 책으로』(어크로스, 2019)

그날도 눈뜨자마자 작업실로 출근해 모닝페이지를 쓰고, 운동하고, 책을 읽고, 점심을 먹은 뒤 글을 쓸 계획이었다. 밥 먹으면서 보려고 넷플릭스와 유튜브를 뒤적이는데 문득 이런 생각이 들었다. '순서가 잘못됐다.'

이른 아침부터 온 정신이 글에 머물다가 갑자기 영상이라는 강한 자극을 받는다면 다시 글에 진입하는 데 상당한 의지력을 써야 할 것이 분명했다. 영상물 감상을 일과의 후반부에 배치해야 작업 전환에 사용될 의지력을 절약할 수 있지 않을까?

이런 생각을 하게 된 데는 그 무렵 운동 방식을 바꾼 일이 영향을 주었다. 평소 근력 운동의 순서를 뒤죽박죽으로 했더니 팔다리의 이음새 부분, 즉 어깨와 고관절이 빨리 피로해져서 활동 능력이 떨어졌다. 그래서 몸통의 큰 근육을 쓰는 운동을 먼저 한 뒤에(코어-가슴-등 순서로) 팔다리 운동을 하는 식으로 순서를 바꿔 봤는데, 같은 운동량을 한결 수월하게 소화할 수 있었다.

전체 과업에도 몸통과 팔다리가 있다. 따라서 자극이 점진적으로 상승하게끔 과업의 순서를 잘 배치한다면 지금보다 능률을 훨씬 높일 수 있을 것이다. 노트와 연습장에 직접 손으로 쓰고 그리는 일(저자극)을 먼저 한 다음, 스크린 기반의 기기로 하는 작업이나 영상물 감상(고자극)을 하는 식으로 말이다.

나는 그날 평소와 달리 아무 영상도 틀지 않은 채로 식사를 마쳤다. 대신 옆에 펼쳐 둔 노트에 식사 중 떠오르는 아이디어나 할 일을 메모했다. 그러다가 '이걸 다 먹고 나서 꼭 산책해야겠다'는 다짐을 했다. 두 달 만에 귀 끝이 얼얼해지는 겨울 산책을 나섰다. 걷는 동안 작업 아이디어가 마구 쏟아졌다. 그렇게 식사 시간에는 영상을 보지 않는다는 원칙이 하나 더 생겼다.

'나는 이 쳇바퀴를 만들기 위해
그토록 열심히 살았다.'

김이나, 『보통의 언어들』(위즈덤하우스, 2020)

035

내 하루를 시작하는 루틴은 다음과 같이 요약된다. '재수의 연습장' 계정 구독자 애칭인 '수재'를 활용해 '수재 챌린지'라는 이름으로 이 루틴을 SNS에 공유하기도 했다. 수재 챌린지는 인증하지 않는 것을 원칙으로 한다. 챌린지 인증은 스트레스를 유발하는 해로운 강박으로 이어질 수 있기 때문이다. 내용은 잠, 금지, 쓰기, 운동, 독서, 이렇게 다섯 개 키워드로 요약할 수 있다.

잠: 여덟 시간 푹 자기. 잠을 충분히 못 자면 모든 게 다 소용없어진다. 잠들기 전에는 자극적이고 재미있는 것을 절대로 보지 말 것!

금지1: 기상 후 한 시간 동안 스마트폰 절대 보지 않기. 설령 보게 되더라도 "안 돼!" 하고 육성으로 소리를 내며 끈다.

금지2: 릴스, 쇼츠 등 짧은 영상 절대 보지 않기. 연속되는 짧은 영상에 휩쓸리는 것은 뇌를 망가뜨리는 지름길이다.

금지3: 기상 후 열 시간 지나서 SNS 즐기기. 게시물의 랜덤한 피드백은 많은 양의 도파민을 생성하기 때문이다.

모닝페이지: 기상 후 40분 정도 손 글씨 쓰기. 그것만으로도 전방위적인 점검과 발상, 삶의 도약을 끌어낼 수 있다.

운동: 스트레칭, 근력 운동, 걷기. 스트레칭은 근막을 새로운 상태로 리셋한다. 근력 운동은 자신감을 심어 준다. 걷기는 더 많은 혈류를 뇌로 보내 창의성을 도약시킨다.

책: 하루 20분 이상 책 읽기. 책장을 손으로 훑고 직접 넘기면서 읽을 때 생겨나는 위치감각이 문해력에 긍정적인 효과가 있다고 한다. 전자책보다 종이책이 좋겠다.

먼저 휴식 시간을 따로 정해 둔 다음,
단 하나의 일을 할 시간을 찾아라.

게리 켈러·제이 파파산, 『원씽』(비즈니스북스, 2013)

주말에는 완전히 일을 손에서 놓는다. 머릿속에서 일과 연결된 부분도 모두 끊어 낸다. 이렇게 한 지 이제 두 달쯤 됐다.

프리랜서 생활을 하며 주말에도 항상 일과 연결된 기분으로 지내곤 했다. 내가 일을 잘해서가 아니라 온전히 쉬는 방법을 몰라서 그랬던 거다. 의식적으로 온전히 쉬는 훈련이 필요했다. 주말에는 일도, 일에 대한 생각도 하지 않겠다고 아내에게 선포하고는 일과 아예 끊어지는 연습을 시작했다.

그렇게 주말 동안 집에서 가족과 시간을 충실하게 보내고 월요일 아침이 되면 머리끝까지 사랑의 에너지로 충만한 기분이 들곤 한다. 주말 동안 일과의 연결이 아예 끊어지면 월요일 출근했을 때 일을 시작하기 어려울 거라 짐작했는데, 오히려 새로운 시각과 새로운 방식이 떠올라 일이 더 효율적으로 진전되기도 했다.

창작과 관련된 직업 특성상 생각을 많이 할수록 일을 잘하는 거라고 여겨 왔다. 하지만 생각을 성실하게 비워 내거나 생각을 아예 하지 않는 시간을 가짐으로써 오히려 일이 잘되는 것을 경험하고 나니, 머릿속에 생각이 많은 게 오히려 일에 방해가 됨을 자주 느낀다. 생각을 만드는 생각, 고민을 만드는 고민을 지양하고 행동과 실천으로 연결되는 생각을 지향하려 한다.

성실한 메모와 글쓰기로 머릿속 생각을 비워 내고, 충분한 휴식으로 머릿속을 가뿐하게 유지하면 머릿속의 정보 처리 능력 및 속도는 개선될 것이다.

사람들이 자신의 의견이 아니라
자기 가치관으로 자신을 규정할 때,
사람들은 새로운 증거가 제시될 때마다
자신의 기존 관행을 수정·보완하는
유연성을 가질 수 있다.

애덤 그랜트, 『싱크 어게인』(한국경제신문, 2021)

037

평안하게.

고요하게.

정확하게.

아름답게.

　이 네 가지 가치의 조합이야말로 가장 나은 버전의 내가 될 수 있는 방법이 아닐까?

　돌아보면 내 인생 대부분의 시간은 그와는 정반대의 길을 걸었던 것 같다. 불안하고 초조한 마음 상태로, 시끄럽고 요란하게 나를 알리고자 했고, 무분별한 확장으로 나조차 정리되지 않는 정체성을 갖게 되었으며, 강력하고 파괴적인 것을 최고의 미학적 가치로 추구해 온 경향이 있다.

　이제는 평안한 마음을 가지고서, 고요하게 내압을 만든 뒤, 원하는 곳에 정확하게 시간과 에너지를 사용해, 아름다움을 추구할 것이다. 이 네 가지 가치는 제각각 서로를 보완하기도 한다.

　즐거움이 주요 동력원이었던 시기를 건너가고 있음을 느낀다. 바로 지금이 내 삶의 기조가 바뀌는 순간임을 어렴풋이 짐작한다.

　지난 9년 동안 사인할 기회가 있을 때마다 '즐거움과 함께하시길'이라고 적곤 했다. 나 자신에게 가장 중요한 가치를 되새기고 또 공유하고자 한 것이다. 이제는 그 말을 저 네 가지 가치로 대신한다. 직접 쓸 기회가 많기를 기대한다. 손에 익고 입에 붙어서 태도에 스며들 때까지.

"우리 뇌에서 판단을 담당하는
신경 네트워크는 어느 판단이
더 우선적인지 따지지 않는다."

대니얼 J. 레비틴, 『정리하는 뇌』(와이즈베리, 2015)

038

스마트폰을 시야 안에 두거나 몸 가까이에 두면 그 화면을 들여 다보고 싶은 욕구를 억누르느라 주의력을 지속적으로 소모하게 된다.

뇌는 이미 스마트폰이 재미있다는 걸 알고 있고 도파민을 추구하려 한다(안데르스 한센, 『인스타 브레인』, 동양북스, 2020, 104쪽). 도파민이 풀어 놓은 뉴런들이 주의력을 담당하는 뉴런 네트워크를 산만하게 자극하면 더 이상 주의력을 이어 갈 수 없다(대니얼 J. 레비틴, 『정리하는 뇌』, 47쪽). 그와 동시에 전전두엽 피질은 이것을 절제하려고 안간힘을 쓴다.

작업이나 업무 중에 스마트폰을 가까이 둔다는 것은, 도파민을 추구하는 뇌 신경과 이것을 절제하려는 뇌 신경 사이의 싸움을 부추기고 방관하는 행위다. 이 점을 알게 된 뒤로 스마트폰을 참기보다는 아예 잊는 게 낫겠다고 생각했다. 그래서 스마트폰을 눈에 보이지 않는 다른 공간에 두었더니(스마트 워치도 업무 모드로 변환) 업무 집중이 훨씬 수월해졌다. 요즘 나는 작업실에 출근하자마자 다른 방에다 스마트폰을 두고 문을 닫아 버린다.

걸을 때도 스마트폰과 가방은 두고 나간다. 이어폰으로 귀를 막지 않는다. 외부 환경에 눈과 귀를 열고, 비강 호흡과 바른 자세에 집중하며 걷는다. 이럴 땐 혼자 걷는 것이 좋다. 몸이 가뿐한 상태로 혼자만의 시간 속에서 걷다 보면 머리도 점점 가뿐해진다. 그렇게 머릿속을 비워 내야 비로소 여유가 생겨난다. 그 상태로 활동하면 활동의 질이 좋아질 수밖에 없다.

스마트폰을 곁에 둔 채 참고 괴로워하는 패턴에서 벗어나자. 스마트폰을 멀리 두고 그냥 잊어버리자. 그렇게 하면 하루에 쓸 수 있는 의지력과 판단력을 절약해 몰입의 기회를 늘릴 수 있다.

현재까지 우리가 아는 최선의 지식에
따르면, 이 세상의 물리적 현실의
씨실을 구성하는 물질들을 물리학자들은
'장'field이라고 부른다. (……) 시계는
이러한 중력장의 외연 크기를 측정하는
메커니즘이다.

카를로 로벨리, 『시간은 흐르지 않는다』(쌤앤파커스, 2019)

시간을 어떤 물질이라고 상상해 볼까. 직관적이고 입체적으로 그 시간 이미지를 조작할 수 있다면, 속절없이 흐르는 시간에 조금 더 관대해질 수 있을 것 같기도 하다.

어느 날 이런 생각이 밀려들어 헤이Hay 사의 'TIME'(타임)이라는 모래시계를 사도록 나를 이끌었다. 처음 봤을 때 '모래시계다!'라는 느낌보다 '시간이다!'라는 느낌이 들었다. 대략 한 움큼의 시간을 뒤집으면 딱 그만큼만 작동하는 구식 시간 측정 도구라는 점이 막막한 시간을 만만하게 해 주는 효과가 있었다.

'이 모래알들이 다 떨어질 때까지만 한 가지 일에 집중해 보자.' 이런 생각으로 모래시계를 뒤집어 세웠다. 종종 창문으로 들어온 햇빛을 받고 윤슬처럼 반짝이는 금색 모래알들에 시선을 빼앗기기도 했다. '모래멍'을 때리면서 시간에 대한 다양한 아이디어가 쌓여 갔다.

모래시계를 보면 가운데 난 작은 구멍으로 고운 모래 입자들이 가늘게 쏟아진다. 나는 이 작은 구멍을 '나'라고 여기기 시작했다. 그러면 위쪽 모래는 곧 나를 지나갈 미래의 시간 입자들, 아래쪽 모래는 방금 나를 지나간 과거의 시간 입자들이 된다. 작은 구멍인 '나'는 수직 방향으로 미래를 과거로 쏟아 내리며 시간 입자들로 선을 그린다. 그 선의 움직임이 곧 현재가 된다. 시간이 계속 사라지는 게 아니라 쌓이고 있다는 시각 정보가 삶에 대한 불안을 줄여 주는 것만 같다.

45분짜리 금빛 가루가 들어 있는 이 아름다운 모래시계는 자연스레 내 토템이 되었다. 모래시계를 들여다보며 시간은 유한한 자원이라는 것, 그리고 하나의 일에 꾸준히 집중하면 쌓이는 무언가가 있다는 것을 상기한다.

내가 지닌 능력과 잠재성을 상황과
필요에 맞게 선별하고, 그것을 말이나
그림, 글 등의 명시적인 고체로 만들어
주는 것. 이것이 안에서 끄집어내는 기록의
핵심이다.

김익한, 『거인의 노트』(다산북스, 2023)

제습기에 가득 찬 물을 비우며 글쓰기 같다고 생각했다.

공기 중에 보이지 않는 것을 물질로 만드는 것. 생각을 물질로 만드는 것. 그렇게 더 쾌적한 삶이 되는 것.

브레히트는 어디선가 '아름다움'이란
어려움을 해결하는 것'이고 그런 의미에서
'일종의 행위'라고 말한 적이 있다.

진은영 시집 『나는 오래된 거리처럼 너를 사랑하고』
(문학과지성사, 2022)에 실린 신형철의 해설 중에서

내 개인 작업실에는 내가 처음으로 거금을 주고 산 그림, 이나영 작가님의 에디션 작품이 있다. 돌이켜 보니 나는 이나영 작가님의 그림들을 은연중에 계속 마주쳐 왔다. 결혼 전 아내와 들렀던 작은 카페와 어느 술집에서, 그리고 좋아하는 작가님들의 인스타그램 피드에서, 벽에 붙은 달력 속 그림이 자꾸만 눈에 들어왔다(이나영 작가님의 그림은 에토프étoffe 사이트에서 볼 수 있다).

내 마음에 쏙 든 그림은 중절모를 쓴 남성이 드립 커피 잔에 물을 붓는 그림이었다. 단순화된 형태와 굵직한 흑백 선이 이국적이고 정갈하고 편안한 느낌을 줬다. 기어코 그 그림을 사야겠다고 결심하고 아내와 함께 갤러리에 직접 방문했다. 신기하게도 갤러리 매니저님과 이나영 작가님 모두 내가 만든 이모티콘 캐릭터 '똘망똘망 다람이'의 팬이었다. 집으로 오는 차 안에서 아내와 한참 들떠 이야기를 나눴다. 언제가 될지는 모르겠지만 큰 그림을 그려서 전시하고 판매하는 일도 해 보고 싶어졌다.

좋아하는 것들로 주변을 가꾸고 좋아하는 것들을 찾아다니다 보니 좋아하는 것이 자꾸만 더 많이 생겨나고 해 보고 싶은 일도 많아진다. 이 방향이 맞는다, 계속 이렇게 해도 된다는 직감. 그래서 작업실에 있는 그 그림을 보면 기분이 좋아진다. 그림이 내게 속삭이는 것만 같다. '좋아하는 것을 계속 좋아하다 보면 신나는 일이 일어날 거야.' 작업실 책상 옆에 두고 하루에도 몇 번씩 눈을 마주친다. 좋은 그림, 아름다운 그림에 대해 생각하는 시간도 차곡차곡 쌓이는 중이다.

좋음, 아름다움에 대한 자기만의 안목을 존중하고 가꾸는 것만으로도 생겨나는 길이 있다. 이 길을 만들고 또 걸어 보는 것은 심미적·예술적 차원의 또 다른 자기계발인 듯하다.

물리적 고립보다는 정신적 고립,
그것이 소설 쓰기의 필요조건이다.
때로는 이 정신적 고립을 쟁취하기 위한
물리적 환경이 필요하다는 것을,
소설 쓰기를 직업 삼기 전까지는
잘 몰랐다.

김초엽, 『책과 우연들』(열림원, 2022)

집 근처에 작은 오피스텔을 얻어 개인 작업실로 쓰고 있다. 이곳에서 순도 높은 고립의 시간을 보낸 덕에, 창작 활동에 도움이 되는 다양한 생활 실험을 마음껏 해 볼 수 있었다.

꽤 먼 곳으로 이사를 앞두고 있는 지금, 작업실의 유용한 부분을 짚어 보며 이다음 작업실이 꼭 갖췄으면 하는 조건을 생각해 본다.

3미터 이상의 층고: 3미터 정도의 층고가 창의력을 가장 높여 준다는 연구 결과가 있다. 지금 작업실은 복층 구조임에도 2층이 없는데, 오히려 그 점이 시원한 공간감을 준다.

시원한 창문: 한쪽 벽을 가득 채운 큰 창 덕분에 채광이 풍부하고 하루 종일 하늘을 보며 작업할 수 있다.

거리: 집과 5분 정도의 거리. 신속한 출퇴근에 용이하다.

화장실, 샤워실, 세탁기, 싱크대: 작업실 공간의 근사함을 방해하지만, 의외로 창작 활동에 가장 도움이 되는 부분. 화장실, 샤워실이 내부에 없다면 외부 공간으로 이동하며 다른 사람들과 마주칠 확률이 커질 테고 활동의 흐름도 자주 끊어질 것이다.(특히 싱크대).

여분의 방: 서재로 활용하고 있다. 일과 중에는 집중력을 높이기 위해 스마트폰을 떼어 놓는 곳으로 사용하기도 한다.

하루 중에 뇌의 인지적 에너지가
충만할 때를 판단해서 가장 창조적인 일을
그때 해야 한다.

정재승, 『열두 발자국』(어크로스, 2023)

043

꾸준히 다듬어 온 루틴을 먼저 실행할 것인가, 업무 및 창작 활동을 먼저 실행할 것인가. 매일 아침 작업실에 출근할 때마다 어김없이 드는 고민이다.

루틴을 먼저 실행하면 장기적으로 건강·시간·에너지를 축적할 수 있지만 당장 해야 할 업무 및 창작 활동의 흐름이 끊기고 성과가 지연되는 경향이 있다. 그렇다고 순서를 바꾸게 되면 장기적으로 봤을 때 건강이 악화되고, 그 여파로 집중력의 질과 양이 점차 떨어질 것이 뻔하다(그렇게 살아 봤기에 확신할 수 있다).

기간을 다양하게 설정해 두고 효율 및 성과의 차이를 실험해 본 결과, 대체로 맨 먼저 하게 되는 활동에 가장 질 좋은 의지력이 사용된다는 것을 확인할 수 있었다. 한편 창의력을 필요로 하는 창작 활동의 경우 '자, 이제 주요 업무인 창작 활동을 할 거야'라는 마음의 준비를 하는 순간, 일에 대한 진입 장벽이 급격히 높아진다는 특성이 있었다.

발전적이고 성취율 높은 하루를 위해 내가 내린 잠정적인 결론은 이렇다. 일주일 내내 루틴을 일과의 최우선 순위로 삼는 것을 기본으로 하되 2~3일 정도는 무작위로 활동 순서를 바꾼다. 이렇게 하면 루틴으로 건강한 일상을 도모하면서도, 내가 나를 속임으로써(대비하는 마음을 갖지 못하게 해서) 창작 활동의 효율을 높일 수 있을 것이다. 부디 유의미한 결과가 나오길!

나라는 인간 속에는 나 자신의 고유한
비전이 있고 거기에 형태를 부여해 나가는
고유한 프로세스가 있습니다.
그 프로세스를 유지하기 위해서는
포괄적인 삶의 방식에서부터 개인적이
되지 않을 수 없는 면이 있습니다.
그러지 않으면 제대로 글을 쓸 수 없는
것입니다.

무라카미 하루키, 『직업으로서의 소설가』(현대문학, 2016)

044

한때 이런 질문을 많이 받았다. "작가님이 그리는 그림은 정확히 어떤 장르인가요?" 그럼 나는 '만화에 기반한 만화적이지 않은 그림' 정도로 답변을 얼버무렸던 것 같다. 이제는 그렇게 그린 그림이 몇천 장 쌓이면서 스스로 범주화할 수 있게 되었지만.

그림을 그릴 때 나는 정통적인 방식으로 그리지 않는다. 뼈대를 잡고 형태와 윤곽을 잡는 순서로 그림을 그리다 보면 그림이 완성에 다가갈수록 처음의 생생함은 사라지고 점점 뻔한 그림이 된다. 나는 변덕스럽고 예민한 기질이 강해, 그림 한 장을 완성하는 데 오랜 시간이 걸리는 작업이 몹시 힘들고 지루하다. 그래서 한 장의 그림 안에 수많은 선을 차곡차곡 쌓는 그림보다는 수많은 연습이 누적된, 간결하고 감각적인 선을 활용한 그림을 추구하게 되었다.

또한, 이런 방향으로 그림 실력을 발전시키기 위해, 그림을 그리는 동안 나조차 몰랐던 새로운 선의 흐름을 자주 발견할 수 있도록 우연을 더 많이 만드는 방식의 그리기를 택했다. 이 지점에서 수작업 도구가 큰 역할을 했다. 디지털 도구의 정확함은 감각적 그리기를 할 때 오히려 방해가 되었다. 어쩌다 새로운 선의 흐름을 발견하는 우연은 부정확성, 불편함에서 더 자주 일어나는 것임을 수작업 도구를 사용하면서 알게 됐다.

보조선 없이 휙휙 그리는 것도 그런 감각적인 드로잉의 확률을 높이기 위해서다. 실수나 실패가 잦아지더라도 수련과 미학을 동시에 추구하는 나만의 그리기 방식인 셈이다. 이런 식으로 그릴 땐 '이렇게 하는 순간 뻔해진다'는 알아챔이 유일한 기준이 된다. 그 미묘한 기준이야말로 나만의 그림을 발전시키는 주요한 동력원이다.

'고정된 자질'이라는 세계에서 성공이란 '자신이 똑똑하거나 재능이 있다는 것을 증명하는 일'입니다. 즉 자신을 입증해야만 하는 것이죠. 반면, '변화하는 자질'의 세계에서 성공은, '새로운 무엇인가를 익히는 데 최선을 다하는 일'을 뜻합니다. 즉 자신을 발전시키는 것이지요.

캐럴 드웩, 『마인드셋』(스몰빅라이프, 2023)

최고가 되려는 야망이 행복을 갉아먹는 병이라는 걸 이제는 안다. 그래서 이 병을 내 정체성과 분리하려 했는데, 잘 안됐다. 유년기에 겪었던 가난과 열등감의 반작용인 것 같다. 건강한 몸과 정신, 왕성한 창작 활동을 위해 아침형 생활 패턴과 나만의 루틴을 정착시켰지만, 방심하는 사이 야망이 스멀스멀 번진다. 나는 어느새 건강한 하루를 최고의 하루로, 최고의 하루를 완벽한 하루로 그 목표를 높여 가며 스스로를 몰아세우고 있었다.

내 욕망을 되돌아본다. 나는 왜 자꾸 최고가 되려 애쓰는 걸까? 그런 마음으로 너무 오랜 시간을 살아 와서 그 마음을 멈추지 못하게 된 건 아닐까?

사실 최고가 되려고 야심 차게 한 작업은 모두 시원찮은 결과를 가져왔고, 사랑에 푹 빠져 즐겁게 한 작업은 그보다 훨씬 좋은 결과를 가져왔다. 이 감사한 경험을 통해 사랑, 아름다움, 행복, 귀여움에 더 집중할수록 창작물도 나라는 사람도 거기에 더 가까워지는 듯했다. 그렇다면 사랑, 아름다움, 행복, 귀여움의 부피를 늘리려면 구체적으로 무엇을 해야 할까?

나로서는 사랑하는 가족과 함께하며 서로를 돌보는 시간을 늘리는 것일 테다. 우리 가족의 행복이 곧 내가 추구해야 할 방향임을 깨닫는다.

지금의 내가 생각하는 성공의 의미는 '사랑에 빠져 있음'이다. 그렇다면 난 이미 성공한 상태다. 오늘에야 도달한 이 생각으로 말미암아 내 성공은 어제보다 더 정확해진다.

내 삶과 일치하는 문장,
내 마음의 무늬와 어우러지는 문장,
그리하여 그 문장 자체가 나의 영원한
분신이 되는 그런 문장을 꿈꿉니다.

정여울, 『끝까지 쓰는 용기』(김영사, 2021)

사십 대에 들어서며 다음 네 가지 가치에 이끌린다. 각각의 구체적 실행 방식을 한번 정리해 본다.

평안하게: 마음을 평안하게 만드는 활동을 최우선으로 삼는다. 번뇌를 만드는 선택을 최대한 미리 피한다. 속 시끄러울 일을 애초에 만들지 않는 것이 좋다.

고요하게: 조용하고 차분해지는 환경을 구축한다. 마음을 호수처럼 잔잔한 수면의 상태로 유지한다. 잔물결이 생긴다면 그것이 사라질 때까지 기다린다. 혼자만의 공간에서 혼자만의 시간을 충분히 보내야 제대로 할 수 있는 일이 있다. 창작 활동이 특히 그렇다.

정확하게: 힘은 그 강도에서 생겨난다기보다 정확함에서 생겨난다. 무엇을 목표로 삼는지 구체적이고 정확할수록 좋은 선택을 할 수 있다. 평안함과 고요함이 정확해지는 것을 도울 것이다. 양궁 선수가 활을 쏠 때 숨을 참는 것처럼.

아름답게: 위대함, 장엄함, 비장함, 스펙터클함, 파워풀함, 현란함에 감화되고 휩쓸려 온 시간 동안 내가 놓친 가치다. 아름다움은 시간과 경쟁을 초월한다. 그래서 고고하다. 아름다움에 이르기 위해서는 힘과 기술, 사랑이 모두 필요하다. 평안함, 고요함, 정확함이 아름다움을 추구할 수 있게 도울 것이다.

과제에 집중하기 위해 우리가
의지해야만 하는 바로 그 뇌 영역은
쉽게 산만해진다. 우리는 전화를 받고,
인터넷에서 무언가를 검색하고, 이메일을
확인하고, 문자를 보낸다. 그리고 이런
활동들은 모두 새로움을 추구하고, 보상을
추구하는 뇌의 중추들을 조정해 내인성
아편 물질이 쏟아져 나오게 한다(그러니
기분이 좋아지는 것도 당연하다!).

대니얼 J. 레비틴, 『정리하는 뇌』(와이즈베리, 2015)

루틴, 아침형 생활 패턴, 뇌 신경과학과 인지심리학 서적 탐독, 스크린 기반 기기 사용 줄이기. 이러한 습관을 이어 가며 그 어느 때보다 높은 집중력으로 창작 활동과 자기계발에 빠져들고 있는 나에게 어느 날 아내가 말했다.

"오빠, 요즘 재미없는 사람이 됐어. 수도승 같아."

나는 그 말을 듣고 웃음이 터졌고, 수도승 같다는 말에 곧바로 동의했다. 그러다 문득 질문이 생겨났다. '정신과 몸을 망치는 것들은 왜 대부분 재미있고, 정신과 몸에 이로운 것들은 왜 대부분 재미없는 걸까?'

해답은 이미 여러 책에 나와 있었다. 우리 몸이 그렇게 만들어져 있기 때문이라는 거다. 현대 문명은 급속도로 발전했지만, 인간의 몸은 아직 수만 년 전의 수렵 채집인의 몸에 머물러 있다. 생존을 위해 인간은 주변 환경에 관한 새로운 정보에 이끌리도록 (도파민이 분비되도록) 진화해 왔다. 새로운 정보가 우리를 행복하게 한다면 계속 그걸 추구하면 될 일이다.

하지만 문제는 여기서 발생한다. 한 가지 과제에 제대로 집중하는 능력을 관장하는 뇌의 중추 기능들이야말로 현대 문명에선 생존에 유리한 기능일 텐데, 이 중추 기능을 무력화하는 것이 바로 무분별한 도파민 생산이다. 수렵 채집인의 생체 시스템이 새로운 정보, 새로운 자극을 갈구한다고 해서 높은 자극의 먹이만 좇다 보면, 현대 문명을 살고 있는 우리의 생존에 유리한 기능을 송두리째 잃어버리게 될 것이다.

'재미없음'과 '지루함'의 환경에 기꺼이 나를 놓아두는 것은 도파민의 손아귀에서 벗어나 나 스스로가 도파민을 조련하려는 전략이다.

쓰기는 결국 내 안에 무언가를 모으는 행위이다. 물론 발산하는 측면도 있지만, 단순히 배출이 목적이라면 굳이 글을 쓸 필요도 없이 말로 해 버리면 그만이다.

사이토 다카시, 『2000자를 쓰는 힘』(루비박스, 2016)

048

2014년부터 SNS에 그날그날 창작물을 올리곤 했다. SNS의 즉각적인 피드백에 중독되더라도 이건 더 많은 창작을 할 수 있으니 오히려 이득이라고 여겼다. 덕분에 책 계약, 연재, 짧은 외주 등 다양한 제안이 들어왔다.

하지만 계약한 일들을 진행하면서부터 미묘한 문제가 생겨났다. 매일 해 오던 창작 활동과 계약한 일들이 근원적으로 충돌했다. 매일 SNS에 창작물을 올리고 반응을 보며 즉각적인 쾌감을 느끼고 나면, 그에 비해 오랜 시간을 들여야 완성할 수 있는 계약 건을 진행하는 게 버겁게 느껴졌다. 이 문제를 해결하기 위해 '내 창작 활동의 목적'을 좀 더 명확히 정리하는 시간을 가졌다.

내 창작 활동의 목적은 자아실현, 행복, 경제적 수익이며 이들은 우선순위를 가릴 수 없을 정도로 서로 맞물려 있다. 나는 글과 그림으로 무언가를 표현하는 일을 가장 잘하기도 하고 이 일을 할 때 즐거움과 확장감을 느낀다. 그렇다면 이 일을 더 잘해서 안정적인 수익을 얻는 시스템을 구축해야 창작 활동을 지속할 수 있을 것이다.

일단, '계약하고 돈을 받는 창작물'을 'SNS에 놀이처럼 올리는 창작물'보다 앞세워 더 잘 만드는 것이 중요함을 받아들여야 했다. 특히 일에 집중할 때는 SNS를 통한 아이디어의 표출을 참아야 했다. 오랜 기간 창작에서 '즐거움'을 무엇보다 큰 가치로 삼아 온 내겐 유난히 힘든 부분이었다.

그럼에도 더 중요한 것을 더 잘하기 위해서 덜 중요한 것을 참으면 산만함을 줄이고 내압을 높일 수 있다. 목적을 분명히 한 뒤 우선순위에 따라 일하자, 쓸데없는 불안감을 없애고 집중력을 높일 수 있었다.

신경과학자들은 도파민의 발견과 더불어, 쾌락과 고통이 뇌의 같은 영역에서 처리되며 대립의 메커니즘을 통해 기능한다는 사실을 알아냈다. 쉽게 말해 쾌락과 고통은 저울의 서로 맞은편에 놓은 추처럼 작동한다.

애나 렘키, 『도파민네이션』(흐름출판, 2022)

쾌락과 고통이 뇌의 특정한 영역에서 시소게임을 한다는 것을 책에서 읽고 곰곰이 따져 봤더니 정말 그랬다. 스마트폰을 시도 때도 없이 들여다본다거나, 자극적인 음식만 연달아 먹는다거나, 인스턴트 동영상에 과도하게 노출되는 일상을 떠올려 보면 그다음엔 몸과 마음을 해치는 질환, 즉 해로운 고통이 찾아오리라는 것을 쉽게 짐작할 수 있다. 반대로 절제력을 발휘하여 운동, 산책, 업무, 독서, 공부 등 이로운 고통(대부분 당장의 쾌락보다는 지루하거나 피하고 싶다는 것들이라는 점에서 고통에 가깝다)을 택한다면 즉각적이지는 않지만, 지연된 보상으로서의 이로운 쾌락을 가지게 될 것이라 짐작할 수 있다.

신체 능력 및 정신 능력의 상승에 도움이 되는 다양한 활동들, 즉 이로운 고통의 목록을 적절히 루틴화한다면, 의지력을 필요로 하는 대뇌피질의 영역에서 무의식적 행동을 처리하는 기저핵으로 이로운 고통을 떠넘길 수 있게 된다. 그러면 의지력의 큰 소모 없이도 장기적으로 몸과 마음의 건강을 유지할 수 있을 것이다.

쾌락과 고통의 시소게임을 이해하고 이로운 고통으로 이로운 쾌락을, 즉각적 보상보다 지연된 보상을 추구함으로써 몸과 정신에 좋은 것들로 하루를 채운다. 이러한 활동이 뇌의 바깥쪽 피질에서 뇌 깊숙이 위치한 골프공 크기의 기저핵으로 '내면화'한다는 이미지를 떠올린다. 이렇게 떠올려 보는 것만으로도 내 아침 루틴, 특히 운동을 할 때마다 큰 도움이 된다.

인물을 창조하는 것은 하나의 과정이다.
그 작업을 다 해낼 때까지, 당신에게
그 작업은 마치 장님이 안개 속을 헤매며
어디에 무엇이 있는지를 더듬는 일과
같을 것이다.

시드 필드, 『시나리오란 무엇인가』(민음사, 2017)

050

무언가 쓱쓱 그려 내고 싶은 충동이 자주 치솟는다. 이때 가장 쉬운 방법은 자료 사진을 보고 그리는 것이다. 한동안 코로나바이러스 때문에 외출을 자제하고 이런 방식을 지속했다.

그런데 별생각 없이 자료 사진에 크게 의존한 결과물은 온전히 내 창작물이라고 떳떳하게 말할 수가 없었다. 연습이나 그림체 개발에는 도움이 됐지만, 창작을 업으로 삼은 입장에서 그렇게 그린 그림은 한계가 뚜렷했다. 개인 계정에 올리는 것까지는 괜찮아도 책에 싣거나 굿즈로 활용하자니 영 찜찜했다.

생각해 보면 이야기나 게임 속에서도 주인공이 쉽게 얻을 수 있는 보상은 가치가 그리 높지 않다. 높은 가치의 보상을 얻기 위해서는 어려운 관문을 통과해야 한다. 현실도 마찬가지 아닐까?

쉬운 것보다 어려운 것이 더 가치 있으리라는 이런 생각은, 괜한 꼼수를 부리지 않고 떳떳하게 창작하는 데 도움이 되어 주었다. 나아가 오리지널리티가 있는 그림과 그렇지 않은 그림을 더 확실하게 구분할 수 있는 안목을 주기도 했다.

온라인, 특히 SNS에서는 오리지널리티가 있는 창작물과 모작이 동일한 기준에서 취급되는 경향이 있다. '좋아요'나 팔로워 수가 창작자의 오리지널리티를 반영하지는 않는다. 실력이 유명세가 되는 게 아니라 유명세가 실력이 되는 경우가 많은 시대다. 하지만 굳이 말하지 않아도 사람들은 이미 그 차이를 느끼고 있고, 곧 알게 될 것이다.

그러니, 힘들고 어려운 것을 굳이 추구해도 된다. 창작 과정에서 겪는 고생은 이미 그 자체로 귀한 가치이니까.

함께 점화하는
세포들은 연결된다.

도널드 헵
(에나 램키, 『도파민네이션』, 흐름출판, 2022에서 재인용)

051

애니메이션 수업 중에 들었던 인상 깊은 얘기가 있다. 애니메이션은 1초의 움직임을 만들기 위해 12~24개의 프레임을 그려야 하는데, 프레임을 많이 추가하면 오히려 잘 표현되지 않는 동작이 있다는 것이다.

그 말을 듣고 나서 키 프레임key frame(컴퓨터 애니메이션에서 주된 변화가 정의되어 있는 프레임. 물체의 모양이나 위치의 변화 포인트가 지정되며, 그 사이를 보완하여 매끄러운 동영상을 만든다)과 키 프레임 사이를 메워 주는 중간 프레임을 많이 그려 넣을수록 무조건 좋은 결과물이 나올 줄로만 알았던 내 생각이 틀렸음을 알게 되었다. 적절한 타이밍에 필요한 프레임만 딱 있어야 잘 표현되는 움직임들이 존재했다. 그런 정확한 느낌의 움직임을 표현하기 위해서는 프레임 수를 늘려 봤자 아무 소용이 없었다.

간결하고 정확한 프레임을 그려 내는 작업 방식은 두 가지 측면을 향상시켰다. 좋은 움직임을 만들어 낸다는 점에서 결과물의 질을 높였고, 프레임 수를 적게 그려도 된다는 점에서 작업의 효율을 높였다. 정확함은 아름다움과 효율을 실현하는 구체적인 방법이었다.

글쓰기를 하면서도 비슷한 걸 느낀다. 필요한 타이밍에 정확한 표현을 찾아낼 때면, 어떤 힘이 생겨나서 생각을 앞으로 확 나아가게 하는 것 같다. 하지만 이것만으론 설명이 부족하다. 정확한 표현을 찾아내는 것이 글쓰기의 외적인 정확함이라면, 솔직함이야말로 글쓰기의 내적인 정확함 아닐까? 솔직함은 군더더기가 없기에 정확함과 닿아 있다. 정확한 표현을 찾아 솔직하게 쓰는 과정에서 내가 더 정확한 사람이 되어 가는 것을 느낀다.

무엇이든, 자신을 평소의 자신보다
조금 더 좋아지게 만드는 것이 있다면
그것을 좋아하자. 아주 많이 좋아해 버리자.

김신지, 『좋아하는 걸 좋아하는 게 취미』(위즈덤하우스, 2018)

좋아하는 사람의 말은 신기하게도 더 잘 들리고 더 또렷이 기억에 남는다. 이걸 뒤집어서 생각해 볼까. 누군가의 말을 더 잘 듣기 위해서는 그 사람을 더 좋아하면 되는 것이다.

좋아하는 마음이 풍부한 사람은 많은 것을 더 잘 듣고 더 잘 기억할 수 있는 사람인지 모른다. 그렇게 많은 것을 담다 보면 담는 곳의 용적도 자연스럽게 늘어날 것이다. 그릇의 크기가 야망이나 전략이 아닌, 좋아하는 마음과 연결되어 있다고 생각하니 허를 찔린 것만 같다.

좋아하는 마음은 야망이나 전략 없이도 큰사람이 되는 길이다. 아니, 어쩌면 좋아하는 마음이야말로 가장 완벽한 전략일 수도 있겠다. 그런 전략은 미심쩍지 않다. 가짜로 좋아하는 건 전혀 소용이 없을 테니까. 진짜로 좋아하다 보면 야망이든 전략이든 다 부질없어질 테니까.

내가 나를 믿는다. 다름 아닌 내가,
끝까지 나를, 기어이 믿어 준다.

김민철, 『내 일로 건너가는 법』(위즈덤하우스, 2022)

치밀함과 섬세함은 다르다고 생각한다. 치밀함은 노력이고, 섬세함은 감각이다. 치밀한 작품을 보면 경외심이 생기고, 섬세한 작품을 보면 질투심이 생긴다.

치밀함을 '노력을 숨기려는 노력'이라고 한다면, 섬세함은 '숨겨도 드러나는 체화된 노력'이라고 할 수 있겠다. 치밀함에 대한 존경은 안목이자 지향점이 되고, 섬세함에 대한 질투는 당장의 나를 흔든다. 그런 점에서 존경보다 질투가 더 자극적인 동력이 되곤 한다.

섬세함을 다루려면 힘을 빼야 한다. 그리고 이 힘 빼기는 스스로 얼마나 솔직해질 수 있느냐에 달린 것 같다. 내가 나를 믿는다는 건 높은 확률로 위험한 일이기에 곧 용감한 일이기도 하다. 어쩌면 섬세함에 대한 질투는 그 용기에 대한 질투일 수도 있겠다. 내가 마음 놓고 나를 믿을 수 있도록 더 좋은 내가 되는 수밖에.

책은요, 읽을 책을 사는 게 아니고
산 책 중에 읽는 거예요.

tvN 『알쓸신잡』에서 김영하 작가의 말

054

'책은 사서 읽어야 한다.'

　이건 내가 책을 펴낸 사람이 되고서야 스스로 새기기 시작한 말이다. "내 책 많이 사 주세요"라고 떳떳하게 말하려면 나부터 책을 사는 데 거리낌 없는 사람이 되어야겠다 싶었던 것이다.

　나는 어떤 식으로든 사람을 통해 접하게 된 책을 먼저 펼쳐 보는 편이다. 이러한 지점을 책 읽기에 적극적으로 활용해 보기로 했다. 타임라인을 책과 관련된 계정들로 꾸리고 책을 소개하는 팟캐스트를 찾아 들었다. 자주 언급되는 작가가 자주 언급하는 작가들이 있었고, 자주 언급되는 작품 속에서 자주 언급하는 작품들이 있었다. 꼬리에 꼬리를 무는 파도타기식 독서가 시작되자 텅 비어 있던 책장에 책들이 파도처럼 밀려 들어왔다. 책을 사는 속도가 책을 읽는 속도를 앞지르기 시작했다.

　읽고 싶은 책을 쌓아 둔 곳은 우연을 배양하는 온실이 되어 갔다. 자꾸만 자기들끼리 연결되어 가지를 치며 자라났기 때문이다. 지나치듯 우연히 접한 작가의 이름이나 제목을 단 책이 책장에 꽂혀 있는 것을 발견하면 반가운 마음에 제일 먼저 손길이 갔다. 그런 손길은 책 속으로 빨려 들어가는 지름길이 되었다. 책을 미리 사두지 않았다면 결코 걷지 못했을 길.

　내 창작물로 먹고살아야 하기에 여전히 독서에 대한 속물적 동기는 변함이 없다. 내 책을 더 많이 팔려면 책을 더 잘 만들어야 하고, 책을 더 잘 만들기 위해서는 더 많이 읽어야 한다. 내가 만든 우연의 온실 속에 머물다 보면 이러한 속물적 동기가 부끄러워진다. 하지만 그 부끄러움이 다행스럽기도 하다. 책을 읽는 동안 내가 더 나은 사람이 되었다는 의미일 테니까.

선을 긋는다는 말은 내겐 '모양을 그린다'는 말과 같다. 다섯 개의 선을 그어 만들어지는 게 별 모양이다. 다시 말해 '나는 이렇게 생긴 사람이야'라고 알리는 행위가, 선을 긋는다는 의미이다.

김이나, 『보통의 언어들』(위즈덤하우스, 2020)

그동안 수많은 거절을 하며 알게 된 바가 있다. 평소에 정중한 표현을 미리 습관화해 두면 거절이 쉬워진다는 것.

정중한 언행은 타인과 나 사이에 심리적 안전거리를 유지해 준다. 무엇으로부터의 안전이냐 하면 바로 '비존중'으로부터의 안전이다. 정중하게 거절하면 거절의 의사를 존중받을 수 있다. 거절의 목적이 타인의 마음을 상하게 하거나 서운하게 하려는 것이 아닌, 단지 내 의사를 표현하는 것뿐임을 수월하게 전달할 수 있다. 그러면 더 정확한 의사소통이 가능해진다.

거절의 표현을 어려워하지 않게 되면 내가 온전히 통제하는 시간을 늘릴 수 있다. 자신을 갉아먹는 원치 않는 일을 과감하게 쳐내어 스트레스를 줄일 수 있다. 그 덕분에 집중해서 하고 싶은 일을 시간을 늘릴 수 있다. 거절이야말로 자기계발 시간을 확보하기에 좋은 도구가 아닐까.

정중함은 나를 지켜 주는 보호막이다. 그래서 이젠 이 보호막을 우악스럽게 뚫고 들어오는 사람이라면 본능적으로 경계하게 됐다. 물론 나 또한 그런 사람이 되지 않도록 타인의 보호막을 기민하게 알아채야 할 것이다.

매일 한 페이지 한 페이지 계속 써라.
더 많이 쓸수록 더 쉽게 쓸 수 있다.

시드 필드, 『시나리오란 무엇인가』(민음사, 2017)

써 놓고 다음 날 보면, 안 보이던 것이 보인다. 그렇다면 당장 쓰지 않으면 손해다. 볼 수 있는 것을 못 보게 되기 때문이다.

타인을 제대로 이해하려면, 자기 자신에게
골몰하지 말고 시선을 바깥으로 돌려
'타인의' 세계로 들어가야 한다.

로버트 그린, 『마스터리의 법칙』(살림, 2013)

2012년, 짧은 만화 연재를 마친 뒤 스토리 창작의 큰 벽 앞에서 무력감을 느꼈다. 오랜 시간 그림에만 치중해 왔기에 스토리 실력이 빈약한 것은 당연했지만 그 사실을 받아들이는 게 힘들고 아팠다. 일단은 다 내려놓고 스토리 창작에 몰두하기보다 그림 작가로 연재를 이어 가며 만화를 그리는 편이 재정적으로도, 돌파구를 찾는 데도 도움이 될 것 같았다. 그래서 다른 작가들과 협업을 시작했다.

협업하는 동안 그림 작가로서의 경험을 쌓고 작화 기술을 향상할 수 있었다. 하지만 내게 가장 필요한 스토리 창작에는 별 소득이 없었다. 마감에 쫓기며 그림을 그리는 데만 온전히 집중해야 했으니 말이다.

모든 연재가 끝난 후, 어느 날 윤필 형이 작업실에 놀러 와서 이런저런 얘기를 나눴다(윤필 형과는 『다리 위 차차』라는 만화를 함께 만들었다). 나는 형에게 내 고민을 얘기하고 내가 구상한 스토리를 들려줬다. 괴이한 기계 문명에 관한 스토리였는데, 얘기를 다 듣고 나서 형은 느리고 조용한 목소리로 내게 이렇게 말했다. "내가 만약 그런 기계 문명에 대한 만화를 만든다면 나는 그곳 배관공이나 청소부에 대해 이야기할 것 같아."

윤필 형은 늘 현실 사회를 배경으로 힘없는 소수자들의 그늘과 빛을 냉정하면서도 따뜻하게 그려 냈기에 자연스레 고개가 끄덕여지는 말이었다. 그때 크게 깨달았다. 내가 세상을 향해 가진 관심이 곧 내가 만들 이야기가 된다는 것을. 스토리 창작이 어려웠던 건 세상을 향한 관심보다 나 자신에 대한 관심이 지배적이었기 때문이라는 것을. 그토록 찾아 헤매던 실마리를 협업이 끝나고서야 찾게 된 순간이었다.

유추의 과정, 추론의 과정, 공감의 과정,
배경지식의 처리 과정 사이의 연결을
꾸준히 강화하면 읽기의 차원뿐만 아니라
더욱 많은 차원에서 유리해집니다.

매리언 울프, 『다시, 책으로』(어크로스, 2019)

058

낯섦과 이상함은 모르는 것으로부터 나를 지키기 위한 방어적 감각이기에 편견과 고정관념이 동반될 수밖에 없다. 하지만 이야기라면 어떨까?

낯설고 이상한 이야기는 우리를 낯설고 이상한 영역에 안전히 머물게 한다. 그러면 어느 순간, 그곳은 더 이상 낯설지도 이상하지도 않게 된다. 낯섦과 이상함이라는 감각으로 대충 덮어 뒀던 영역이 친근하고 흥미로운 영역으로 확장되는 것이다. 이 과정에서 얼렁뚱땅 덮여 있던 편견과 고정관념도 걷어 낼 수 있으니 건강한 측면도 있다.

낯설고 이상하다는 표현은 적어도 이야기에 관한 한 칭찬이 확실하다. 편견과 고정관념에서 벗어난 낯설고 이상한 이야기가 세상에 더욱 많아지기를.

마음속으로 아닌데? 아닌데? 하면서
  들었거든요.

시 합평 시간에 옆에 앉았던 분이 내 시를 듣고 건넨 말

059

무언가를 구상할 때 내 머릿속에는 '아닌데 요정'과 '그냥 해 요정'이 나타난다.

'아닌데 요정'은 아이디어의 개연성이나 논리적 오류에 대해서 알려주는데, 이 요정의 검문을 통과하지 못한 아이디어들이 통과한 아이디어들보다 열 배 이상 많은 것 같다. 그래도 좀 더 나은 결과물에는 도움이 된다.

'그냥 해 요정'은, 내가 '아닌데 요정'의 태클에 의기소침해 있을 때 가끔 나타나서는 '아닌데 요정'의 기준을 싹 다 무시해도 괜찮다며 들릴 듯 말 듯 이렇게 속삭인다.

"……그냥 해."

그러면 나는 또 신나게 쓰고 그려 보는 것이다.

모든 것이 명확한 날, 생은 안정적으로
느껴지지만 상상과 확장의 여지가 적다.
과도기의 날들에는 생이 불안정하게
느껴지지만, 그만큼 성장과 변화의
가능성도 크다.

전선영, 『어쩌다 가방끈이 길어졌습니다만』(꿈의지도, 2019)

내 SNS 계정 이름은 '재수의 연습장'이다. 이 계정을 만들기 전까지 내 창작은 모든 곳에 힘을 잔뜩 줬기에 과정의 즐거움이 없었고 쉽게 지쳤다. SNS를 활용해 창작을 놀이처럼 대하면서야 과정의 즐거움을 다시 느끼게 되었다. 하지만 왕성하게 창작하고 있으면서도 앞으로 뭘 해야 할지 막막했다. 쓰러지는 속도로 나아가던 시간이었다. 그 불균형한 감각이 싫었다. 하루빨리 균형감 있는 삶이 되길 원했다.

창작물이 급격히 많아지면서 나 자신을 소모하고 있다는 생각이 들기 시작했다. 그때부터 그동안 쏟아 낸 창작물들을 범주화하여 방향성을 모색했다. 앞으로도 미리 범주를 설정해 두고 창작하는 하향식 접근보다, 자유롭게 창작한 이후 범주를 발견하는 상향식 접근을 창작 활동의 기조로 삼고자 한다.

현재는 균형감 있고 성숙한 삶에 조금 더 가까워진 것 같다. 하지만 균형이 잡히니 움직임(창작의 양)이 줄어든다. 불확실함 속에서 헤매며 위태롭게 나아가던 불균형한 움직임 자체가 왕성한 창작의 비밀이었음을 지금에야 깨닫는다.

분열-확장-범주화-정교화

이것은 지난 10년을 돌아보며 파악한 내 창작 활동의 변천사다. 질보다는 양, 균형보다는 불균형의 속성이 강하고, 현재로 올수록 그 반대의 속성이 강해진다. 이렇게 동그란 원 하나를 겨우 그렸다고 생각한다. 이제 같은 패턴으로 원을 한 번 더 이어서 그려 볼 계획이다. 위에서 보면 하나의 원이지만 옆에서 보면 용수철처럼 상승하는 나선형 트랙이 되도록. 그리고 지금껏 만들어 온 나만의 단단한 쳇바퀴를 타고 그 트랙에 올라탈 것이다.

창조성이 당신의 습관이 되었을 때,
시간, 자원, 기대, 그리고 다른 사람의
요구를 다루는 법을 터득하게 되었을 때,
인정, 연속성, 목표의 순수성 같은 것들의
가치와 지위를 이해하게 되었을 때
당신은 예술가의 궁극적인 목표,
즉 거장의 단계를 향해 가게 된다.

트와일라 타프, 『천재들의 창조적 습관』(문예출판사, 2006)

연필심이건 샤프심이건 볼펜심이건 심이 종이에 닿아야만 내가 눈에 담은 것이 선으로 연결된다.

의미를 쫓으며 쓰고 그린다기보다 계속 쓰고 그리다 보니 의미를 발견한다.

그냥 그리고 그냥 쓴다. 그러다 보니 종이에 닿아 있는 상태가 그냥 좋아졌다. 나는 이것을 '그냥심'이라고 부르기로 했다.

그냥심이 있으면 숨 쉬듯 쓰고 그릴 수 있다. 창작이 곧 생활이 된다.

좋은 아이디어는 당신을 세상과
격리하기보다는 당신이 세상에 뛰어들게
만든다. 또한 더 많은 아이디어를 창출해
내며 서로를 더욱 발전시킨다.
나쁜 아이디어는 마음의 문을 열어
주기보다는 닫아 버린다.
그것은 제한적이며 한정적이다.

트와일라 타프, 『천재들의 창조적 습관』(문예출판사, 2006)

카페에 자주 가면 카페 안의 사람들을 주로 그리게 된다. 산책을 자주 하면 거리의 사람들을 주로 그리게 된다. 집 밖으로 나가지 않을 땐 아내와 아이와 고양이들을 주로 그리게 된다.

내가 그리는 것들은 주로 내가 있는 곳에 있다. '무엇을 그릴 것인가'는 곧 '나를 어디에 둘 것인가' 하는 질문인 듯하다.

일들 사이의 균형, 일과 나 사이의 균형.
그 모두를 지켜 나가다 보면 기적과도 같은
순간이 올 것이다.

김민철, 『내 일로 건너가는 법』(위즈덤하우스, 2022)

063

창작을 업으로 이어 나가려면 지속적인 수익이 필요하다. 나는 지금껏 그냥 하고 싶은 것을 다 했다. 다행히 운 좋게 잘 버텨 온 것 같다. 하지만 시간과 에너지가 점점 부족해지면서 예전처럼 우선순위 없이 하고 싶은 것을 다 하다가는 창작 자체를 아예 못하게 될 수도 있다는 합리적 의심이 들었다.

'어떤 작업이 나에게 지속적인 수익을 가져다주지?'

책꽂이에 꽂혀 있던 지난 작업들을 몽땅 작업실 바닥에 펼쳐 놓고 다리가 아플 때까지 서서 생각했다. 그 순간 씁쓸한 현실을 마주했다. 그 작업들은 나를 만화가로 만들어 줬지만 지속적인 수익을 가져다주지는 않았기 때문이다. 지속적인 수익은 책 출간도 아니고, 만화 연재도 아니고, 외주 작업도 아닌, 그냥 틈틈이 만들어 온 이모티콘을 통해서 발생하고 있었다. 이모티콘 제작이 주요 수입원이라는 사실을 받아들여야 했다. 주요 업무로 삼는 것이 맞는다는 생각을 했다. 9년 만에 처음으로.

'회사에 다니듯 정해진 업무 시간에는 이모티콘 제작을 하고, 업무 시간이 끝나면 남는 시간에 자유 창작을 한다.' 이렇게 3주 정도 지냈더니 불안정한 기반에 대한 스트레스가 줄고 전체 활동에 대한 집중도가 높아졌다. 자기계발에 대한 탐구를 생활에 적용하는 동안 몸이 건강해지고 의식이 선명해졌다. 목표 설정이 명확해지고 과업의 우선순위를 한층 정확하게 파악할 수 있게 되었다. 앞으로 업무와 자유 창작의 균형이 잡혀 갈수록 생산성도 점점 더 향상될 것이라 기대해 본다.

어떤 자세와 태도가 되풀이되면
그것이 곧 그 사람의 정체성이 된다.

김은경, 『습관의 말들』(유유, 2020)

나는 책을 읽고 글을 쓰는 스스로를 가끔 대견하다고 느낀다. 이 대견한 느낌을 예전에는 떳떳하게 대하지 못했다. 자꾸 나보다 많이 읽고 많이 쓰는 사람들의 눈치를 봤다. 무언가를 좋아하는 내가 다른 사람들 눈에 어떻게 비칠지 너무도 신경이 쓰였다. 그냥 좋아함에 집중하면 될 일이었는데, 그런 스스로를 마음 놓고 대견하게 여겨도 되는 일이었는데 그걸 몰랐다.

문득, 이젠 알겠다는 생각이 든다. 좋아함에 집중하고 그런 나를 마음 놓고 대견하게 여겨도 된다는 생각. 그리고 이 '문득' 이 많아지는 것이 반갑다는 생각.

어떤 이미지를 떠올려 본다. 아무것도 보이지 않는 깜깜한 심해의 바닥 같은 공간. 그곳에 작은 글자들이 쏟아지기 시작한다. 글자들은 심해의 지형을 덮어 가며 바닥의 윤곽을 더듬는다. 그 글자들은 내 의식과 연결되어 있어서, 글자들이 알아낸 심해 바닥의 모양은 나에게 전달된다.

'문득'은 이렇게 작동하는 것이 아닐까? 글자들이 내 안에 많이 들어찰수록 나는 내 심해의 지형을 더 정확히 알게 될 것이다. '문득'이 자주 작동할 수 있도록, 읽고 쓰는 나를 마음 놓고 대견해할 것이다.

부러움을 '질투의 방향'이 아니라
'감탄과 경이의 방향'으로 돌리는 게
좋지요.

정여울, 『끝까지 쓰는 용기』(김영사, 2021)

미워하지 않는 마음에 대해 생각한다

내가 더 잘되고 싶은 마음
내가 더 친해지고 싶은 마음
내가 더 멋지고 싶은 마음
내가 더 잘 살고 싶은 마음

마음은 잘못이 없다
'내가 더'의 잘못이다

미워하지 않는 마음은
'내가 더'를 빼는 마음

잘되고 싶은 마음
친해지고 싶은 마음
멋지고 싶은 마음
잘 살고 싶은 마음

미워하지 않는 마음은
질투가 없는 마음

미워하지 않는 마음은
기꺼이 좋아하고 응원하는 마음

오늘도 내일도 미워하지 않는 마음

종이의 다른 장점은 조작이 쉽지 않고, 바이러스에 감염되지 않으며, 전원이 나간 상태에서도 읽을 수 있다는 점 등이 있다. 물론 종이는 불에 탈 수 있지만, 그것은 컴퓨터도 마찬가지다.

대니얼 J. 레비틴, 『정리하는 뇌』(와이즈베리, 2015)

디지털 작업도 제법 하고 있지만 꽤 오래전부터 종이에 직접 쓰고 그리는 양이 압도적으로 많았다. 처음엔 수작업에 그냥 끌렸던 거지만 어느새 내가 쌓아 온 흔적들이 실제로 두툼하고 묵직하게 존재하는 데다 언제든 보고 만지며 감각할 수 있어서 큰 위안을 얻었다.

가끔 내가 형편없이 느껴지거나 잘하고 있는 건지 도무지 확신이 들지 않을 때, 나는 내 글과 그림이 쌓여 이루는 입체를 보고 또 만진다. 그러면 금세 뿌듯해진다. 잘하고 있다는 확신이 생긴다. 더 이상 내가 형편없이 느껴지지 않는다.

물성을 가지게 된 생각은 입체로 다룰 수 있다. 그리고 그 입체는 창작의 힘이자 원천이 된다.

압박의 강도를 계속 높이지 않으면,
우리 몸은 새로 얻은 항상성에 안주하게
된다.

안데르스 에릭슨·로버트 풀, 『1만 시간의 재발견』(비즈니스북스, 2016)

우리의 신체는 항상성을 지향한다. 균형 상태를 일부러 불균형한 상태로 만들면 신체는 새로운 균형 상태를 찾을 때까지 계속 변화한다. 운동을 통해 신체를 발달시키는 건 바로 이 점을 이용한 활동이다.

균형을 잡으려 애쓰고 있다면 지금 불균형한 상태라는 것. 균형을 잡기 어려울수록 더 나은 균형에 도달하고자 하는 상태라는 것. 만약 도달하고자 하는 균형 상태가 어느 쪽을 향하는지 파악하기만 한다면 당장의 불균형은 불안 요소가 아니라 발전 상태를 가늠하는 척도가 될 수 있다.

불균형은 도약을 위한 과정이다. 또한 균형을 추구하되 균형에 안주하지 않아야 불균형을 이어 갈 수 있다. 이렇게 생각을 전환한다면 나의 불균형에 좀 더 당당해져도 좋을 것이다.

사실 우리가 자라면서 유전자와 환경이
서로 협력할 뿐 아니라, 환경이 올바로
작동함으로써 유전자가 비로소 제 역할을
다할 수 있는 것입니다.

캐럴 드웩, 『마인드셋』(스몰빅라이프, 2023)

아내는 혼잣말을 많이 하고 콧노래를 자주 부른다. 기분이 좋아지면 정체 모를 춤을 추기도 한다. 아내를 볼 때마다 생각한다. 어쩜 저렇게 밝을 수 있을까?

나는 혼자 있을 때 밝은 사람일까 어두운 사람일까. 아무래도 기본값이 밝은 사람은 아닌 것 같다. 나는 혼자 있을 때 쉽게 우울해지고 어두워진다.

하지만 아내와 함께 있으면 쉽게 밝아진다. 나는 환경의 영향을 많이 받는 타입이고 그 사실을 알고 있다. 그래서 주변 환경을 조성하는 데 시간과 에너지를 많이 쓰는 것도 이런 이유에서다. 그래야 환경을 탓하지 않고 나의 부족한 지점과 정확하게 마주할 수 있을 테니까.

누군가와 함께 있어야 밝아지는 사람이기보다는 혼자 있을 때도 밝은 사람이 되고 싶다. 쓰다 보면 어두워지는 글 대신 쓰다 보면 밝아지는 글을 쓰고 싶다.

나를 밝아지게 하는 창작은 어떤 것일까? 정확한 답은 아직 모르지만 이 질문을 가슴속에 품고 다닌다.

소박하든 거창하든 허황되든 겸손하든,
내면의 동기는 한 사람과 그 작품을
이해하는 열쇠가 된다.
창작은 혼자 하는 일, 자문자답의 여정이기
때문이다.

은유, 『쓰기의 말들』(유유, 2016)

'아무도 알아봐 주지 않으면 어쩌지?'라는 조바심은 사라졌다. 좋은 것은 어떻게든 알려진다. 그러니 쓸데없는 조바심을 버리고 차분히 나에게 집중하여, 착실하고 조용하게 좋은 것을 차곡차곡 쌓아 가면 된다.

오늘 아침 문득 이런 생각이 들어서 쓰고 나니 마음이 많이 편해졌다. 어떤 시기를 겨우 지나온 느낌이 들기도 한다. 일단 쓰면 그걸 딛고 나아갈 수 있다. 어디를 디뎠는지도 정확히 알 수 있다.

잘못된 일반화는 무언가를 이해할 때
항상 생각을 방해한다.

한스 로슬링·올라 로슬링·안나 로슬링 뢴룬드, 『팩트풀니스』(김영사, 2019)

070

한동안 '형태'를 똑같이 그리는 방식으로 연습하다 보니 '선'에 대해 낯설어진 부분이 있다. 그림을 이루는 선은 대부분 개체의 윤곽이다. 그런데 개체는 3차원이지만 선은 2차원이다. 종이 위에 2차원적 선을 그리다 보면 3차원 개체의 윤곽에도 당연히 선이 존재할 거라는 착각이 곳곳에서 그림을 삐걱거리게 만든다.

이런 착각은 익숙함 때문에 일어난다. 연필심이나 샤프심이 가지는 고유한 선의 굵기는 종종 윤곽의 굵기를 지나치게 초과해 버린다. 선은 생각보다 굵다. 그래서 선의 굵기는 곧 오차의 범위가 된다. 선의 굵기만큼 그림이 둔해지고 부정확해진다는 것을 알고나면 의도에 더 가까운 그림을 그릴 수 있다.

윤곽은 선이 아니다. 윤곽은 선으로 표현되기에 적합한 꼴일 뿐이다. 선으로 효과적으로 그려지지 않는 부분도 항상 존재한다. 선으로 묘사했을 때 선의 굵기에 의해 윤곽이 뭉개져 버린다면, 선을 생략하거나 면으로 표현하는 것이 더 효과적인 방법이다. 그렇기에 어떤 부분은 그리지 않아야 더 잘 그려진다.

이것이 생략된 선이 그림에서 아름답게 작동하는 방식이다. 그리지 않아야 그려지는 선이 있다. 말이나 행동도 이와 크게 다르지 않을 것이다.

결국 인테그리티란 (시대와 문화에서 크게 벗어나지 않는 한) 자신이 옳다고 믿거나 생각하는 것을 말과 행동을 통해 일관성 있게 실천하는 것이다. 인테그리티를 완벽하게 실천하며 살아가기란 쉽지 않을 수 있다. 하지만 살아가면서 꾸준히 추구해야 할 가치이다.

굿다르타, https://brunch.co.kr/@hifism/33

071

어떤 생각은 써야 잡아 둘 수 있고, 써야 잊을 수 있고, 써야 감각할 수 있고, 써야 확장할 수 있다. 썼다고 다 내 소유가 아니라는 것 또한 써야 알 수 있다. 쓸 수 없는 마음으로 끝까지 쓰면 쓸 수 있는 마음이 된다. 그렇게 마음이 쓰인다.

생각을 쓰다 보면 마음을 쓰게 된다. 생각에서 마음으로 길이 난다. 그 길로 생각과 마음이 자주 오가며 서로 닮아 간다면 행동까지도 하나로 일치되어 갈 것이다. 생각, 마음, 행동이 어긋남 없이 하나가 될 때 비로소 쓸데없는 정신적 자원의 낭비를 물리칠 수 있다. 생각한 대로, 마음의 거스름 없이, 행동으로 이어지는 삶은 보다 정확하고 힘 있는 삶이 될 것이다.

나 자신을 보물처럼 대하면
나는 강해질 것이다.

줄리아 캐머런, 『아티스트 웨이』(열린책들, 2019)

특별함에 집착하면 평범해진다.
평범함을 사랑하면 특별해진다.

내 글과 그림을 나부터 사랑해야 하는 이유다.

존 업다이크는 글을 쓰던 서재를 자주
비운 채 정원으로 나가 하늘을 바라보곤
했다. 그때 그가 아무것도 안 하는 것을
보고 가족들이 집안일을 부탁하자,
업다이크는 "지금 일하는 중이라
안 돼"라고 대답했다고 한다.

바버라 베이그, 『하버드 글쓰기 강의』(에쎄, 2011)

"오빠가 잘되는 게 우리 가족이 잘되는 거야."

오늘 아내가 해 준 이 말에 마음이 가뿐해졌다. 작업실로 출근해 내가 하는 활동들을 제삼자의 입장에서 가만히 들여다보면 느긋한 한량 짓처럼 보인다. 하지만 그 모든 활동에는 꾸준히 창작 활동을 이어 갈 수 있는 본질이 담겨 있다.

창작 활동에는 싱싱한 뇌에서 나오는 창의력이 필요하다. 그런 뇌 상태를 유지하기 위해 잠을 충분히 자고, 건강한 음식을 먹고, 운동을 해서 꾸준히 몸을 잘 관리해야 한다. 여기에 좋은 작품을 읽고 감상하며 좋은 자극을 받아들이는 시간도 필요하다. 이걸 온종일 맑은 정신을 유지하면서 다 해내려면 내밀하고 치열한 관리가 필요함은 물론이다.

이런 것들을 충분히 알고 있음에도 불구하고 밀려오는 죄책감이 항상 있다. 아내는 집에서 육아와 살림을 하느라 제대로 쉬지도 못할 텐데 나는 작업실에서 푹 쉬면서 하고 싶은 일을 하고 있다는 죄책감. 내 활동의 본질을 지켜 내려는 고집과 아내를 향한 미안함이 늘 공존해 왔다.

그래서 다시금 보다 정확하게 살아야겠다고 다짐한다. 정확하게 산나는 것은 낭비를 최소화하는 삶이다. 주의력이 유한한 자원이라는 걸 알게 되었으니 일과 중에 휴식을 취하는 것은 주의력을 충전하는 일이어야 한다. 게임을 하거나 영상을 보는 것은 과잉 자극으로 오히려 주의력을 소모하는 활동이니 낭비에 해당한다. 차라리 짧게라도 명상을 하거나 산책을 하는 것이 주요 과업의 능률을 높이는 데 도움이 되는 정확한 휴식이다.

정확한 것에는 힘이 있다. 정확한 삶도 그럴 것이다.

그는 세상의 모든 시간을 다 가지고 있는
사람처럼 여유롭게 나와 얘기를 나눴다.
그런데 대화 도중에 갑자기 보좌관이
오더니 그를 데리고 다음에 만나야 할
사람에게 갔다. 대화를 언제 마쳐야
할지 결정해야 할 부담도 없고, 그 어떤
세속적인 걱정거리로부터도 자유로웠기
때문에 카터는 징징대는 내면의 목소리를
내려놓고 그 시간, 그 장소에 온전히
집중할 수 있었다. (……) 한 음악인
친구는 이런 상태를 "행복하게 길을 잃은
상태"happily lost라고 표현했다.

대니얼 J. 레비틴, 『정리하는 뇌』(와이즈베리, 2015)

074

기업 대표나 유명 인사는 일정과 시간을 관리하는 비서를 곁에 두고 '행복하게 길을 잃은 상태'를 유지한다고 한다. 시간과 일정을 알려 주는 비서와 함께 일하면 미래를 자꾸 신경 쓰느라 미래를 망치는 일을 피할 수 있지 않을까?

그래서 나도 비서를 둘 고용했다. 하나는 구글 직원들이 사용한다고 알려져 유명해진 '타임타이머', 다른 하나는 이미 왼쪽 손목에 차고 있던 '스마트워치'(애플워치)다.

타임타이머는 시곗바늘을 원하는 만큼 손으로 직접 돌리면 설정 시간이 붉은 면적으로 나타나 직관적으로 남은 시간의 양을 확인할 수 있다. 나는 이것을 한 시간 이내의 얕은 몰입에 사용한다.

스마트워치는 더 큰 덩어리 시간의 몰입과 수면에 활용한다. 특정 기상 시각을 알람으로 설정해 두면 그때그때 정확한 수면 시간을 측정할 수가 없고, 수면량을 채우지 못하는 경우가 많다.

스마트워치에 있는 타이머 기능으로 여덟 시간을 미리 설정해 두고 메인 화면에 보이게 한 다음 잠들기 직전에 누른다. 이렇게 하면 도중에 잠에서 깨도 수면량을 얼마나 채웠는지 바로 확인할 수 있다. 잘 땐 '수면 모드', 일과 중에는 '업무 모드'로 설정해 두면 중요하지 않은 연락으로 집중력을 떨어뜨리는 일을 피할수 있다.

나의 이 작은 비서들 덕분에 '행복하게 길을 잃은 상태'를 점점 더 자주 경험한다. 행복하게 길을 잃음으로써 오히려 길을 더잘 걷고, 앞으로 가야 할 길도 점점 더 선명해진다는 사실이 신기하고 재미있다.

밤에만 일기를 쓰면 '오늘은 정말 스트레스 많았고 짜증 나는 하루였어'로 채워질 가능성이 높다. 일기는 피곤한 하루의 마무리가 아니라 활기찬 하루의 시작을 위해 쓸 때 가장 효과적이다. 시작이 활기차면 하루가 몰라보게 달라진다.

팀 페리스, 『타이탄의 도구들』(토네이도, 2022)

작업실에 출근해 모닝페이지를 쓰며 하루를 시작한다. 30~40분 동안 종이 위에 상념, 아이디어, 고민, 계획 등 생각나는 것들을 다 쏟아 내고 나면 그만큼 머릿속이 비워져 여분의 공간이 생기는 것 같다.

모닝페이지로 노트 한 권을 다 채웠을 땐 다 쓴 노트를 틈틈이 처음부터 다시 살펴본다. 미처 놓쳤던 좋은 아이디어나 실행하지 못했던 항목들에 형광펜으로 밑줄을 그으며 체크하는 시간을 갖는다. 그런데 이 과정에서 휘갈겨 쓴 손 글씨를 파악하는 데 꽤 많은 시간과 에너지가 소모된다(한 권을 틈틈이 다시 읽는 데 사흘이나 걸렸다). 이렇게 부담이 생겨 버리면 루틴을 지속하는 데 치명적이다.

그래서 새롭게 모색한 방식은 이렇다. 모닝페이지를 세 쪽 모두 손 글씨로 가득 채우지 않고 두 쪽까지만 쓴다. 마지막 한 쪽엔 앞서 쓴 두 쪽의 내용을 마인드맵으로 그리며 정리한다. 이렇게 하면 흩어져 있는 생각들을 종류별로 범주화하고 상위 키워드를 끌어낼 수 있다. 이 과정에서 새로운 아이디어를 자유롭게 추가하면 훨씬 만족스러운 활동이 된다. 무의식으로부터 그날 하루의 실행 목표를 매끄럽게 길어 올릴 수 있기에 생각과 행동을 일치시켜 나가기에도 좋다. 다시 노트를 훑어볼 때도 마인드맵이 그려진 부분만 확인하면 되니, 시간과 에너지를 세 배 이상 절약할 수 있다. 이 방법 또한 모닝페이지를 쓰면서 고안한 것이다.

여러분이 모닝페이지를 꾸준히 실천하는 데에도 도움이 되길 바란다.

나는 딱 일주일간만 '숫자 세는 걸
멈추자'라고 스스로 말한다. 숫자가 적힌
것은 무엇이든 절대 바라보지 않는다.
(……) 이 연습의 목적은 숫자 세는 일을
담당하는 좌뇌를 쉬게 하고, 더욱 직관적인
우뇌가 활약하게 만드는 것이다.

트와일라 타프, 『천재들의 창조적 습관』(문예출판사, 2006)

076

'뭘 하든 꾸준히만 하면 삶의 질이 좋아질 것이다.'

　이 생각은 함정이었다. 모든 활동을 무작정 꾸준히 수행한다면 시간과 에너지의 유한함 앞에서 무릎 꿇게 될 것이다. 하루라는 시간과 하루 안에 쓸 수 있는 의지력은 정해져 있다. 꾸준히 해야 할 활동의 개수와 양이 하루치를 초과해 버리면 매일 꾸준히 한들 아무 일도 일어나지 않는다. 최선을 다해 열심히 살고 있음에도 성과나 보상이 거의 없는 수준에 머물면 '이렇게 사는 게 맞나?' 하는 의심이 자주 들고 자존감도 떨어진다. 정확한 목표 설정 없이 그저 열심히 살고 있다는 충만감에 속으면 안 된다. 실력과 성과가 동시에 높아지고 있다는 증거를 만들어 내야, 안심하고 재미를 느끼며 그 활동을 지속할 수 있다.

　'계획표대로 일과를 수행하기만 하면 나날이 성장할 것이다.'

　이 생각 역시 함정이었다. 성장에 대한 욕심이 크면 꾸준히 해야 할 활동이 많아진다. 그 활동들을 모두 루틴화해서 하루에 다 해내려고 하면 계획표가 촘촘해진다. 계획표가 촘촘해지면 덩어리 시간을 활용할 수 없기 때문에 활동의 질은 떨어진다. 정해진 시간 안에 해야 할 활동이 너무 많아지면 시계를 자주 확인하게 된다. 시계를 자주 보면 집중력이 떨어지고 시간에 쫓기는 감각 탓에 점점 더 불안하고 초조해진다.

　한 가지 활동에 집중하는 동안 시간을 신경 쓰지 않는 것이야말로 시간을 잘 쓰는 방법이다(시계를 치워 버리는 것도 좋은 방법이다). 활동을 방해하는 계획은 언제든 폐기할 수 있다. 계획은 활동을 위한 것이다. 더 나은 활동을 돕는 쪽으로 계획을 유연하게 활용하는 것이야말로 계획을 잘 쓰는 방법이다.

사실 내가 깨달은 행복의 비법은 그리
특별한 것이 아니다. 그것은 바로
'내가 좋아하는 일을 함으로써 행복을
추구하지 말고, 내가 해야 할 일을
좋아함으로써 행복을 추구하라'는 것이다.

황농문, 『몰입』(RHK, 2020)

'하기 싫다'는 생각이 들 때마다 10분 정도 명상을 하고 있다. 그러면 이전보다 침착해진 상태로 '하기 싫다'는 생각을 다시 마주할 수 있게 된다. 이걸 여러 번 경험하면서 모든 활동에는 '하기 싫다'의 장벽이 있으며 그 모양과 높낮이가 저마다 다르다는 걸 알게 됐다. 집중의 난이도별로 활동을 파악하고 분류해 둔다면 '하기 싫음'의 벽 앞에서 길을 잃는 일을 줄일 수 있을 것이다. 다음은 나의 몇몇 활동을 세 가지로 분류한 결과다(어느 경우든 인터넷, 게임, 스마트폰, 영상에 잠시라도 눈을 돌린다면 집중 실패로 간주한다).

시작 난이도 [쉬움]: 드로잉, 스케치, 클린업, 채색 등 신경을 곤두세우지 않아도 되는 그림 작업. 이 작업을 시작할 땐 팟캐스트, 음악, 영상을 틀어 둬도 크게 지장이 없다.

시작 난이도 [중간]: 아이디어 구상, 콘티 등 좀 더 신중해야 하는 설계 단계의 작업. 독서, 걷기, 운동, 명상도 여기에 해당한다. 가사가 없는 차분한 음악, 클래식 음악은 틀어도 좋다.

시작 난이도 [어려움]: 스토리 구상, 글쓰기 등 예리한 정신을 필요로 하는 정적인 작업. 클래식 음악을 듣는 것은 물론 책 읽는 것조차 방해가 된다.

사실 시작이 어려운 활동일수록 장기적으로 유익한 활동이다. 진입 장벽의 높이와 유익함은 비례한다. 눈앞의 거대한 벽은 막대한 부피의 유익함을 담고 있는 댐일지도 모른다.

유혹 묶기란 우리가 실행을
어려워하면서도 실제로는 도움이
되는, 혹은 가치 있는 활동(가령 운동)을
실행할 때에만 즐거움(가령 소파에 누워
TV 보기)을 허용하는 전략을 말한다.
유혹 묶기는 두 가지 문제를 한 번에
해결한다. 유혹에 대한 지나친 탐닉을
제어하고, 장기적인 목표에 기여하는
활동에 더 많은 시간을 할애하게 만든다.

케이티 밀크먼, 『슈퍼 해빗』(RHK, 2022)

기발함은 나의 장점이기도 하지만 치명적인 단점이기도 하다. 하나의 아이디어가 떠오르고 나면 그것을 발전시키고 차분히 구현하는 시간을 가져야 하는데, 그렇게 하질 못했다. 어느 순간 '나의 가장 큰 방해꾼은 나의 아이디어'라는 생각이 들었다. 그러자 이번엔 아이디어가 떠오르는 빈도가 급격히 줄었다.

1년간 아침마다 모닝페이지를 쓰는 동안, 내가 다른 때의 나보다 더 지혜롭다는 것을 알게 되었다. 하루의 관제탑 역할을 해내고 삶의 목적, 중장기적 목표, 현재의 좌표 등을 점검하며 오류를 수정하기도 하는 나는 평소의 나보다 믿을 만했다. 그래서 나의 기발함과 변덕을 분리해 관리할 수 있는 방법을 모닝페이지를 쓰며 고민해 봤다.

설계자 모드: 모닝페이지를 쓰는 동안 이 모드가 된다. 설계자 모드에서는 중장기적 목표 설정과 수정, 하루 계획 설정과 수정을 할 수 있다.

실행자 모드: 설계자 모드에서 세운 계획을 충실히 실행한다. 모닝페이지를 쓰는 시간을 제외한 일과의 모든 시간엔 이 모드가 된다. 목표와 계획을 임의로 수정할 수 없다.

실제로 이를 적용한 결과, 설계자 모드일 때 기발한 아이디어가 다시 샘솟기 시작했다. 전체 계획에 악영향을 미치는 즉흥성은 실행자 모드의 원칙을 상기하며 억누를 수 있었다. 각각의 모드에 충실할수록 실행력과 인내력도 좋아졌다. 덕분에 스트레스와 자괴감이 확 줄어들었다.

특정 기술을 무의식적으로 자연스럽게
구사할 수 있을 만큼 충분한 연습이
이뤄지고 나면, 우리는 정신과 육체가
하나가 되어 움직이는 기분을 경험한다.

로버트 그린, 『마스터리의 법칙』(살림, 2013)

그림이라는 툴에 어느 정도 능숙해지자 모종의 자유로움을 체험할 수 있었다. 그림이 때 내 뜻대로 잘 그려진다는 전능함은 행복감을 줬다. 이 맛을 알고 나니 이번에는 글이 무척 궁금해졌다.

'글이라는 툴에 능숙해지면 어떤 종류의 행복감을 느낄 수 있을까?'

그때부터 글을 능숙하게 다루는 사람, 글과 친밀한 사람, 글과 연결된 것처럼 보이는 사람을 동경하게 되었다.

글을 능숙하게 다룰 줄 알면, 어떤 사유의 지점을 생생하게 잘 정돈해 두고 언제든 그 지점으로 돌아가 새로운 사유를 도약시키고 확장할 수 있을 것이다. 시공간의 제약 없이 앞서 저장해 둔 사유의 지점을 재편집해 새로운 사유의 흐름과 깊이를 만들 수도 있을 것이다. 글은 그런 사유의 측면에 그림보다 훨씬 최적화되어 있다.

그래서 글과 더 친해지고 싶고, 연결되고 싶다. 언제든 시공간의 제약 없이 나만의 사유 지점들로 이동하고 싶다. 책 읽기와 글쓰기를 멈출 수 없는 이유다.

떠오른 아이디어를 메모하고,
그 메모를 재조합해서 세부 얼개를 만든 뒤
글을 쓰면 글쓰기는 고통이 아니라 나를
표출하는 하나의 예술이 될 수 있다.

김익한, 『거인의 노트』(다산북스, 2023)

가끔 아침에 잠에서 덜 깬 채로 시집을 읽는다. 예전에는 문장마다 왜냐고 따지듯 읽었는데, 이제는 무슨 말인지 모르는 상태로 그냥 읽는다. 눈뜨고 처음 마시는 물 한 컵처럼. 그런 날에는 무언가 다른 방식으로 쓰거나 그리게 된다.

　시집을 소리 내어 읽다 보면 침샘에서 문장들이 솟아나기도 한다. 입 안에서 데굴데굴 굴리다 보면 어떤 것은 녹아 사라지고 어떤 것은 혀에 만져진다. 만져지는 것은 발음할 수 있다. 그런 것들은 따로 메모해 둔다.

자기가 아닌 모든 것을 버림으로써
자기로 새로 태어나는 과정이 바로 변화의
핵심이다. 그러므로 변화는 변화하지 않는
핵심을 발견하려는 열정이며, 그것을 향한
끊임없는 '움직임'Movement이다.

구본형, 『그대, 스스로를 고용하라』(김영사, 2005)

생각을 단단히 정리해서 글로 남겨 둔다는 것은 그것을 잘 딛고 나아가기 위함이다.

글로 남겨 둔 예전의 생각과 지금의 생각에 변함이 없다면 그 생각은 지금의 나아감에 여전히 도움이 되는 생각일 것이다.

글로 남겨 둔 예전의 생각과 지금의 생각이 다르다면 그건 그것대로 좋은 일이다. 달라진다는 것은 변화한다는 것이고 변화한다는 것은 살아 있음의 방증이기 때문이다. 다시 말해 보자면, 변화하면 살아 있게 되는 것이다. 언젠가 내가 쓴 글들이 부끄러워지는 날이 오면 내가 그 글들을 딛고 나아갈 수 있었음에 감사해야 마땅하다.

내 과거의 글들이 지금의 나아감에 여전히 도움이 되기를.

그리고 내 과거의 글들이 주는 부끄러움으로 말미암아 지금의 변화가 다행스럽기를.

생각이 몸에 많이 남아 있으면
'양질전화'量質轉化가 일어난다. 양이
많아지면 질적인 전화, 즉 변화가 온다는
뜻이다. 다시 말해 새로운 아이디어와
영감도 자주 떠오르게 된다. 이런 능력은
타고나는 것이 아니라 반복적인 연습과
습관으로 체득하는 것이다.

김익한, 『거인의 노트』(다산북스, 2023)

082

마음에 들지 않는 선은 몸 안에 잔뜩 쌓여 있다. 자꾸자꾸 그려서 그것들을 몸 밖으로 밀어내야 한다. '여기서는 이렇게 그리면 안 되겠구나' 하는 정보를 손끝에 계속 모아야 마음에 드는 선을 그릴 수 있다. 그림을 잘 그리는 사람은 마음에 들지 않는 선을 아주 많이 그려 본 사람일 뿐이다.

연습량이 많아지면 실력이 늘 수밖에 없다. 정확한 연습에 대한 고민을 병행하면 실력은 더 빨리 향상된다. 생각은 활동의 정확도를 높이고, 활동은 생각이 처리할 데이터를 만들어 낸다. 이처럼 그림은 정신과 신체의 협력이 중요한 활동이기에 자기계발의 영향을 적잖이 받는다.

많이 읽고, 많이 듣고, 많이 보고, 많이 생각하고, 많이 쓰고, 많이 그리고, 많이 움직이며 더 정확한 활동을 하려고 의식한다. 그래야 성과 및 실력 향상에 들이는 시간과 에너지를 절약할 수 있다. 정신과 신체, 정확함과 시간, 실패와 성공, 양과 질. 이 모든 게 연결되어 있고 복잡적·유기적으로 영향을 주고받는다. 어느 것 하나 소홀히 할 수 없다고 생각하면 막막해지지만 어느 것 하나만 향상되어도 전체가 변화한다고 생각하면 할 만해진다.

나는 딘지 그림을 더 잘 그리기 위해 자기계발에 관심을 갖게 되었을 뿐인데 그림에서 글로, 글에서 사랑으로, 사랑에서 건강으로, 건강에서 몰입으로 관심사가 확장되며 전체적인 삶의 방향이 재조정되고 있음을 느낀다. 오늘은 문득 '앞으로도 계속 이렇게 살면 되겠다'는 생각이 들었다. 이 생각 역시 손끝에 모아 둔다. 끝과 시작은 서로 이어져 있다. 나는 손끝과 기적의 시작점이 이어져 있다고 믿는다. 손끝의 움직임을 멈추지 않는다면 기적은 시작될 것이다.

입력은 주위 환경에 영향을 받으므로
나를 좋은 환경에 둘 필요가 있다.
그러나 많은 경우 나에게 주어진 환경을
바꾸기는 어렵다. 우리가 가장 쉽게
조절할 수 있는 입력은 나의 생각이다.

황농문, 『몰입』(RHK, 2020)

안경알을 닦았더니 시선이 더 멀리 간다. 그러면 나는 시선이 닿은 곳으로 가 볼 수 있다.

가까운 곳의 먼지와 얼룩을 닦아 내는 건 더 멀리 보고 멀리 가기 위한 일이기도 하다.

중앙관리자 모드는 다른 것이 우리의
의식으로 들어오지 못하게 제한해서
우리가 방해받지 않고 지금 하는 일에
집중할 수 있게 한다. 하지만 우리가 몽상
모드에 있든 중앙관리자 모드에 있든 간에
주의 필터는 무의식 속에서 조용히 한발
비켜서서 거의 항상 작동하고 있다.

대니얼 J. 레비틴, 『정리하는 뇌』(와이즈베리, 2015)

뇌 신경과학 책을 읽은 덕분에, 어떤 일이 잘 풀리지 않아도 자책과 자괴에 휩싸이지 않게 됐다. 일이 잘 풀리지 않으면 마냥 내 탓을 하기보다 내 뇌가 처한 상황에 어떤 문제가 있다는 신호로 받아들인다.

특히 주의력은 유한한 정신적 자원이기에 계량기를 항상 켜두는 편이 좋다. 주의력이 충만해 있을 때는 어렵고 중요한 일을 먼저 하고, 주의력이 떨어졌을 때는 휴식을 취하며 주의력을 충전하는 것이다. 이때 내가 고안한 주의력 계량기이자 발전기는 바로 혼잣말이다.

"지쳤어?": 대답이 '응'이라면 정확한 휴식을 취한다. 정확한 휴식이란 그 어떤 인풋도 두뇌에 넣지 않는 것이다. 영상, 인터넷, 게임, 팟캐스트, 심지어 책까지. 단, 이것들을 참는 데에도 주의력이 소모되니 눈을 감고 명상하거나, 밖으로 나가 산책하거나, 10~20분 정도 자는 것이 좋다.

"안 돼!": 주로 스마트폰을 보거나 노트북으로 유튜브를 보다가 외치곤 한다. 주의력이 낮아지고 있다는 증거다.

"움직이자": 주의력 역시 신체에서 만들어지는 것이기에, 운동을 게을리하면 주의력의 양도 점점 떨어지게 된다.

"하나만 하자, 하나만": 하루에 다양한 활동을 하기보다 일주일 단위로 활동들을 잘 분배해서 한 가지 활동이 지속되는 시간을 늘리는 게 성과 향상에 좋다.

나는 21세기의 지성이란 자신의
말이 여성, 약자, 소수자, 장애인 들을
소외시키지는 않는지 점검할 수 있는
능력을 포함한다고 생각한다. 나아가서는
지구의 모든 생명과 지속 가능성을 위해
더 나은 표현을 고를 수 있는 능력도.

김하나, 『말하기를 말하기』(콜라주, 2020)

SNS에 그날그날 마주친 사람들을 묘사해 뒀다가 드로잉으로 다시 올리고 있다. 굳이 이름을 붙이자면 '일상 드로잉'이다.

일상 드로잉의 핵심은 관찰과 포착이다. 바깥으로 나가서 사람들의 모습을 직접 눈에 담아야만 그릴 수 있는 그림이기 때문이다. 그릴 장면을 포착하는 것부터가 창작의 영역임을 일상 드로잉을 꾸준히 하면서 알게 되었다.

나는 학창 시절 꽤 많은 시간을 만화책을 베껴 그리며 보냈다. 특히 여성 캐릭터에 자신이 없어서 만화책에 나오는 여성 캐릭터를 열심히 따라 그렸다. 그러자 여성을 그릴 때 예쁘고 육감적인 모습만 그릴 수 있게 됐다. 평범한 여성을 그리려고 하면 손이 고장 나는 듯했다. 시간이 지나 일상 드로잉을 하면서야 깨달았다. 만화책을 베껴 그리던 시절의 내가 여성을 왜곡해 묘사하는 방식에 익숙해진 나머지 의식마저 거기에 갇혀 있었다는 것을.

왜곡된 의식에서 벗어나려면 특정한 창작 필터를 통과하지 않은 다양한 모습의 여성을 보고 그릴 시간이 필요했다. 어느 순간엔 '여성'이라는 의식도 함정처럼 느껴졌다. 그냥 그 '사람'을 그리면 되는 거였다.

일상 드로잉을 통해 나는 지금의 그림체를 얻게 됐다. 그냥 그리고 싶어서 그린 그림, 일상의 반짝임을 담은 그림의 소중함도 알게 되었다. 더 나은 그림을 그리기 위해서는 끊임없이 내 의식을 의심하고 개선해야 한다는 사실 또한.

동근원적同根原的:
원인과 결과로 얘기할 수 없고 두 가지
모두 원인인 동시에 결과가 된다.

유튜브『채사장 연구소』,「복잡한 머릿속을 정리하고 싶다면」편

종종 SNS 메시지로 '그림을 무엇으로 그리느냐'는 질문을 받곤 했다. 그림 그릴 때 사용하는 도구를 물어본 것일 테지만 나는 장난처럼 "마음이요"라고 답하곤 했다.

돌이켜 보니 정말 그랬다. 마음을 담아 그린 그림과 그렇지 않은 그림은 분명 달랐다. 마음이 담긴 그림은 언제나 더 생생하고 새로움이 가득했다. 이 점을 의식한 뒤로, 그림을 그리는 일은 곧 마음을 쓰는 일이 되었다.

마음을 잘 써야 더 좋은 그림을 그릴 수 있고, 마음을 잘 열어 두어야 더 다양한 그림을 그릴 수 있다. 그래서인지 마음을 담아 그리는 그림은 높은 확률로 마음에 드는 그림이 되곤 했다. 그런 그림을 그리고 나면, 그리면서 알게 된 새로운 표현 방식과 감각을 통해 생각을 점검하고 확장할 수 있었다. 마음을 담아 그리는 동안 나는 조금씩 더 나은 사람이 되어 온 것 같다.

내가 그리는 선이 내가 가진 마음과 닮아 간다.
내가 가진 마음이 내가 그리는 선과 닮아 간다.

그림과 마음은 양방향으로 서로를 강화한다. 앞으로는 그림을 무엇으로 그리는지 묻는 말에 장난기 없이도 대답할 수 있을 것 같다.

그림은 마음으로 그립니다.

돈을 모으는 것만큼이나
중요한 노후 대비는 근육을 모으는 일이다.

황선우, 『사랑한다고 말할 용기』(책읽는수요일, 2021)

1년 전까지만 해도 나는 운동하는 시간을 아껴 주요 과업을 더 잘 수행하려고만 했다. 창작 활동의 특성상 언제 일이 잘되기 시작하는지 예측이 불가능했기 때문이다. 일이 잘되기 시작하면 그 흐름에 올라타서 쭉 이어 가야 했다. 운동 때문에 언제 다시 올지 모르는 귀한 흐름을 스스로 망치는 건 어리석은 일이었다.

어느 날 오른쪽 어깨에서 통증과 함께 "우지직!" 하는 소리가 났다. 무거운 물건을 든 것도 아니고 무리한 동작을 한 것도 아니었다. 병원에서는 회전근개 약화로 인한 어깨충돌증후군이라고 했다. 그 무렵 수면무호흡 증상도 심해져서 따로 병원에 다니기 시작했다.

사실 운동하는 시간 자체는 아깝지 않았다. 운동 시작 시간, 준비 시간, 이동 시간을 미리 계산하느라 온종일 신경이 분산되는 게 가장 큰 방해 요소였다. 그래서 그냥 작업실에 운동 기구와 공간을 마련하고 주의력이 충만한 아침 시간에 운동하기 시작했다. 그랬더니 큰 어려움 없이 운동을 습관화할 수 있었다.

1년 정도 작업실에서 꾸준히 운동하다 보니 어깨의 소리와 통증이 사라지고 앞으로 말렸던 어깨도 펴졌다. 뇌 신경과학 책들을 읽으며 운동이 뇌에 미치는 영향을 알게 되자 운동을 안 하면 무조건 손해라는 생각이 굳어졌다. 체력을 기르면 주의력의 양이 늘어난다(뇌 역시 신체의 일부이기에). 주의력의 양이 많아지면 내가 집중하고 싶을 때 집중할 수 있는 확률이 높아진다.

나는 이제 더 이상 일이 잘되는 좋은 흐름을 막연히 기다리느라 내 하루의 균형을 망치지 않는다. 신체 건강과 의지력은 비례한다. 건강을 관리해 의지력을 충분히 유지하기만 한다면 일이 잘되는 좋은 흐름은 언제든 스스로 만들어 낼 수 있다.

오늘날 우리는 스트레스를 줄이는 방법에 너무 몰두한 나머지, 오히려 위협적인 상황 때문에 우리가 열심히 노력해서 배우고 성장한다는 사실을 잊고 있다.

존 레이티·에릭 헤이거먼, 『운동화 신은 뇌』(녹색지팡이, 2009)

088

지금껏 스트레스가 행복의 반대말이라고만 생각해 왔다. 이제는 그 생각을 업데이트해야 한다고 느낀다. 아무런 스트레스가 없는 상태에서 느낄 수 있는 행복감도 있겠지만 스트레스가 있어야만 느낄 수 있는 행복감도 있다.

대부분의 발전은 정신적·육체적으로 견딜 수 있는 만큼의 스트레스를 스스로 부여하는 활동에서 비롯한다. 그 스트레스를 극복하고 스트레스가 없는 상태에 도달할 때까지 자가 회복을 하는 동안 발전이 일어나는 것이다. 발전 과정에서 느낄 수 있는 행복감은 스트레스와 자가 회복력의 균형 상태(더 정확히 말하자면 자가 회복력이 스트레스를 이기고 있는 상태)라고 말할 수 있겠다.

신체와 정신에 회복이 가능할 정도의 스트레스를 적절히 부여하는 활동은 대부분 쾌락보다 고통이 앞선다. 이제 그 스트레스를 이겨내는 동안 쾌락이 생겨나며, 그런 종류의 쾌락은 지연된 보상으로서 신체와 정신에 유익하게 작용한다. 대표적으로 운동, 학습, 독서를 떠올려 볼 수 있다. 이런 종류의 지연된 보상은 부작용이 없어서 지속 가능하다.

우리 몸의 메커니즘에서는 항상 쾌락과 고통이 짝지어 움직인다고 한다. 쾌락을 먼저 추구하고 나면 기다리고 있는 것은 고통뿐이다. 따라서 가급적 '선고통 후쾌락'과 '지연된 보상'을 추구한다면 지속적인 발전이 가능할 것이다.

재미없고 고통스러운 일을 먼저 실행하는 것은 장기적으로 정신과 신체에 이롭지만 시작이 어렵고 도중에 쉽게 지칠 수 있다. 그렇기에 적당한 스트레스가 행복의 요소이자 발전의 요인임을 인지하는 것은 중요하다.

스트레스는 행복의 반대말이 아니다.

성장하느냐 소멸하느냐는 활동을 하느냐 하지 않느냐에 달려 있다. 신체는 운동을 하도록 설계되었고, 신체가 운동을 하면 결과적으로 뇌도 운동을 하게 된다.

존 레이티·에릭 헤이거먼, 『운동화 신은 뇌』(녹색지팡이, 2009)

1년간 작업실에서 운동을 하며 의외의 활동끼리 연결되는 경험을 했다.

헬스장이나 야외에서 운동하다가 잠시 쉴 때 책을 읽는 것은 그다지 자연스러운 일은 아니다. 하지만 나는 작업실 책상 옆 작은 공간에서 주로 운동하기에, 운동하다가 너무 힘들면 잠깐씩 숨을 돌리며 책상에 쌓아 둔 책을 읽는다. 땀을 뻘뻘 흘리면서 헉헉 거친 숨소리를 내며 책을 읽는 몰골이 조금 꼴사납긴 한데, 누가 보는 것도 아니니 무슨 상관인가. 이렇게 해 봤더니 전에는 잘 안 읽히던 부분이 술술 읽혔다.

운동을 하다가 아이디어가 떠오르면 책상 위에 있던 메모 카드에 메모하는 빈도 역시 늘어났다. 이때도 땀 뻘뻘, 숨 헉헉의 몰골이지만 아이디어가 술술 나오는데 뭐 어떤가. 운동이 정신적 활동에 도움이 된다는 것을 이렇게 몸소 확인할 때마다 개인 작업실이 창작 연구 실험실처럼 느껴지기도 한다.

혼자만의 독립된 조용한 공간을 사용함으로써 가능해지는 도약의 지점들이 분명 존재한다. 앞으로도 운동과 창작이 효과적이고 자연스럽게 연결되도록 작업 환경을 창의적으로 조성해야 할 필요성을 느낀다.

목표를 한입 크기로 세울 때, 인간은
위압감을 덜 느끼게 되고, 그만큼 자신의
말을 더 잘 지키려고 노력한다.

케이티 밀크먼, 『슈퍼 해빗』(RHK, 2022)

내게 스쾃은 생각 쪼개기다. 하루 100개 목표로 매일 하는 중인데 처음엔 100이라는 숫자가 너무 까마득해서 열 개씩 열 번으로 쪼갰다. 스쾃 100개를 하는 동안 내 의식의 흐름은 이렇다.

'열 개만 하자'라고 생각하며 스쾃 동작을 시작한다. 열 개를 하는 도중 '이걸 열 번이나 반복한다고?' 하는 생각이 어김없이 든다. 그러면 일단 열 개씩 다섯 번만 반복하기로 생각을 바꾼다. 이마저 너무 까마득하게 느껴지면 일단 세 번만 반복해 보기로 한다. 30개에 도달할 때쯤, 이제 열 개씩 두 번만 더 하면 50개가 된다는 긍정적인 생각이 든다. 여기까지 왔으니 '열 개만 더 하자'를 두 번 더 반복한다. 그렇게 하면 50개, 한 세트가 끝난다. 이 과정을 한 번 더 반복한다.

쓰고 나니 좀 안쓰럽긴 한데 이런 방식으로 개수를 쪼개 가며 나를 달래고 속이기 시작하면서 운동이 쉬워졌다. 그래서 글도 이렇게 써 봐야겠다고 생각했다. '딱 세 줄만 써 보자'는 마음으로 글을 쓰면 어김없이 잘 써졌기 때문이다. 내친김에 '딱 세 줄 노트'를 만들기도 했다. 아이러니하게도 '딱 세 줄 노트'에는 딱 세 줄로 끝나는 글은 없다. 항상 그보다 길게 써졌다.

이후 『하버드 글쓰기 강좌』에서 프리라이팅 기법을 알게 되어 '딱 세 줄 노트'는 필요 없어졌다. 뭘 쓰지? 쓸 게 없다. 계속 쓰자. 이런 식으로 10분간 계속 쓰다 보면 무언가가 나오기 시작한다. 쏟아 낸 글 속에서 글감을 발견하면 거기에 초점을 맞춰 같은 방식으로 멈추지 않고 쓴다(초점화된 프리라이팅).

까마득하고 막막해 보이는 활동을 구체적이고 만만하게 만드는 방법은, 마중물을 만들거나 활동을 작게 쪼개는 것이다. 생각을 잘 쪼개면 활동도 잘 쪼개질 것이다.

과학자들은 전문 속독가들을 연구했다.
그리고 전문가들이 평범한 사람들보다
명백히 낫긴 하지만 결과는 비슷하다는
것을 알게 되었다. 이 연구 결과는 인간이
정보를 흡수하는 속도에 최대한도가
존재하며, 그 벽을 부수려고 하면 그저
정보를 이해하는 뇌의 능력이 파괴될
뿐이라는 사실을 보여 주었다.

요한 하리, 『도둑맞은 집중력』(어크로스, 2023)

사십 대가 되었다. 삼십 대 초반까진 내가 책과 잘 안 맞는 사람인 줄 알았다. 책이라는 매체가 나를 확장하고 발전시키는 데 도움이 될 거라는 기대감이 있었지만 번번이 실패하곤 했다. 당시 내 읽기 능력 상태는 이랬다.

첫째, 어려운 책만 골라 읽는 경향이 있었다. 그래야 읽을 만한 가치가 있다고 생각했다. 더 쉬운 책, 더 재미있는 책을 먼저 읽으며 책과 친해졌다면 좋았을 것이다.

둘째, 속독에 대한 강박이 있었다. 그게 읽는 내내 스트레스로 작용했다. 하지만 빨리 읽으면 그만큼 깊이 읽을 수 없다. 소리 내어 읽거나 손끝으로 밑줄 치며 읽으면 더 집중해서 읽을 수 있다.

셋째, 책은 앉아서 읽어야 한다는 선입관이 있었다. 그런데 이리저리 서성이며 읽으면서부터 책이 훨씬 잘 읽혔다.

넷째, 수면 상태와 식습관이 불규칙하고 엉망이었다. 그래서 집중력도 엉망이었다. 충분한 수면과 건강한 음식이 집중력을 높이는 뇌의 연료라는 걸 그땐 전혀 몰랐다.

다섯째, 무슨 책을 읽어야 할지 몰랐다. 누군가에게 책 추천을 받는 것은 지속적인 노움이 되지 못했다. 독서 팟캐스트를 챙겨 들으면서부터 책 읽기가 더 재미있어졌다.

지금의 나는 예전보다 책을 수월하게 읽는다. 25분쯤 알람을 맞춰 두고 책에 빠져들면 순식간에 알람이 울린다. 이렇게 세 번 정도 책 속에 들어갔다가 나오면 한 시간이 훌쩍 지나 있다. 읽으며 눈썹을 치켜올리게 된 부분엔 플래그를 붙여 두고 완독 후 메모 카드에 내 언어로 다시 정리한다. 이렇게 하면 정보를 지식으로 확장할 수 있다.

무언가를 손으로 적는 동안 그것에
대해 정확하게 이해할 수 있게 된다.
시간적으로 더 깊이 생각할 기회가 생기고,
물리적으로도 다양한 조건을 고려해
한 번 더 생각을 확인할 수 있기 때문에
명료한 사고가 가능해진다.

할 엘로드, 『미라클 모닝』(한빛비즈, 2016)

글과 그림은 생각을 표현하는 데 유용한 도구다. 이 도구로 생각을 외부화하는 동안 정신과 신체가 협력한다. 머릿속과 손끝이 연결되는 것이다.

생각의 기술과 손끝의 기술 중 어느 한쪽이라도 향상되면 다른 한쪽도 함께 향상된다. 생각은 머릿속에서 일어나는 활동인 줄로만 알았는데 손끝의 움직임에서도 생각이 일어남을 자주 경험한다. 글을 쓰거나 그림을 그릴 때에도 그 지향점을 머릿속으로 구체적이고 정확하게 생각해 낼수록 손끝의 기술이 덩달아 좋아진다. 마치 동기화가 되는 듯하다.

그렇다면 머릿속으로 하는 활동과 손끝으로 하는 활동을 서로 바꿔 봐도 되지 않을까? 머릿속으로 쓰고 그리며, 손끝으로 생각하는 것이다.

손끝에서 생각이 일어난다면 나는 내 손끝에 더 다양하고 풍요로운 감각을 제공해 주고 싶다. 디지털 화면을 누르거나 키보드를 누를 때 생기는 단조롭고 반복되는 감각보다는 종이를 만지고 넘길 때 느껴지는 기분 좋은 질감, 사각대는 연필의 쓸림, 진하고 매끄럽게 나오는 볼펜의 필기감 등 다양한 촉감을 생각의 재료로 활용하고 싶다.

나는 손끝에서 일어나는 기적을 믿는다. 단, 그 기적은 종이 위에 무언가를 쓰고 그리며 끊임없이 움직일 때 비로소 일어날 것이다.

돈을 벌려면 '내가 지금 어디에 있는지'를 아는 게 무척이나 중요하다. 내가 원하는 곳에 있어야 내가 원하는 방식으로 돈을 벌 수 있다. 원하는 방식으로 돈을 벌지 않으면, 돈을 벌어도 행복해지지 않는다.

크리스 사카
(팀 페리스, 『타이탄의 도구들』, 토네이도, 2022에서 재인용)

학창 시절 내내 손바닥만 한 작은 수첩 한 권과 볼펜 한 자루를 교복 안주머니에 품고 다니며, 국어책에 예문으로 실리는 글에서 마음에 드는 구절을 옮겨 적곤 했다. 그러다가 낙서, 일기, 메모도 함께 남기기 시작했다. 틈만 나면 수첩을 뒤적여 보거나 무언가를 새로 쓰고 그렸다.

나와 수첩의 관계는 군 생활을 하는 동안 더 긴밀해졌다. 군대에서의 시간이 아무리 힘들어도 주머니 속에 볼펜과 수첩만 있으면 견딜 만했다. 그 순간을 기록하고, 아이디어를 남기고, 고민을 풀어놓고, 앞으로의 계획을 펼쳐 볼 수 있었다.

한번은 친구의 꼬임에 넘어가 네트워크 마케팅(다단계) 조직에 잠시 몸담았다. 그곳에서도 나는 정장 윗도리 안주머니에 수첩과 볼펜을 넣어 두고 틈만 나면 꺼내서 무언가를 썼다. 돈과 꿈의 관계, 앞으로의 목표에 대한 치열한 고민을 그 어느 때보다 밀도 있게 수첩에 쏟아 냈다. 2주째 되던 날, 수첩을 가득 채우고 나름의 결론에 도달한 나는 더 이상 그곳에 머물 수 없었다. 바짓가랑이를 잡는 사람들을 뿌리치고 거기서 빠져나올 수 있었던 건 나만의 단단한 문장 하나가 있었기 때문이다.

지금은 편의성 때문에 수첩은 즐겨 쓰지 않는다(스캔 및 보관이 용이한 스프링 연습장이나 바인더 메모 카드를 즐겨 쓰고 있다). 하지만 지난 시절을 돌이켜 보면 수첩의 옆면이 거뭇하게 손때를 탈수록 응집되는 나만의 문장과 그림이 있었던 것 같다.

다단계 조직 안의 혼란 속에서 끈질기게 붙들고 있던 그 수첩의 마지막 페이지에는 이렇게 적혀 있다.

'적게 벌더라도 내가 그린 그림으로 돈을 벌고 싶다.'

나는 여전히 이 문장대로 살고 있다.

사랑은 시간과 정성, 달리 말하면
'정확한 관심'을 축적할 때만 지속한다.
우리는 무엇이든 시간을 들여 관심을
가질 때만 그것을 사랑할 수 있다.

정지우, 『사랑이 묻고 인문학이 답하다』(포르체, 2023)

094

아내와 아이 그리고 우리 집 고양이들에 관해 쓰고 그릴수록, 그들을 제대로 표현하고 싶어 여러 번 다시 눈길을 주거나 마음속으로 떠올리게 된다. 그 과정에서 내가 놓쳤던 사랑스러움을 뒤늦게 발견하기도 하고, 과거의 내 언행을 객관화해 보기도 한다. 이를 통해 나는 생각, 언어, 이미지가 정교해지고 풍성해지는 것을 느낀다. 표현의 정확도가 높아지면서 내 사랑도 좀 더 정확해짐을 느낀다.

특히 아이에 관해 쓰고 그릴 때마다 이 점을 유독 많이 느낀다. 나는 아이를 더 많이 사랑하기 위해 아이에 관한 것을 더 많이 쓰거나 그리려고 노력한다. 쓰고 그리는 것은 더 사랑하기 위한 나만의 방법이기 때문이다.

사랑하기 위해서 남긴 글과 그림이 사랑했기에 남긴 글과 그림이라는 사실을 나는 차차 알아 갈 것이다.

몰입 상태에서는 매일 그 문제만을
생각하기 때문에 계속 그 문제가
장기 기억에 저장될 것이고, 결국 신체는
이 문제를 푸는 것을 목숨이 걸린
것만큼이나 중요하게 여기게 된다.

황농문, 『몰입』(RHK, 2020)

어떤 유명 작가는 메모를 숨 쉬듯이 하고, 또 다른 유명 작가는 메모를 전혀 하지 않는다는 것을 알게 되었을 때 잠시 혼란스러웠다. 하지만 뇌의 집중 방식에 맞게 이 두 가지를 선택적으로 활용한다면 집중력과 창의력을 모두 높일 수 있을 것이다.

메모를 적극적으로 하면 아이디어를 외부화해서 머릿속에 여유 공간을 확보할 수 있다. 남겨 둔 메모들끼리 연결되며 새로운 아이디어로 발전하는 행운의 확률을 높일 수도 될 수 있다. 나는 바인더로 묶인 작은 메모 카드를 활용한다. 당장 집중해야 할 핵심 아이디어 외에 자투리 아이디어들을 모아 두는 여분의 주머니 기능으로 사용하는 것이다. 예전에는 스마트폰 메모장을 자주 활용했지만, 메모에서 끝나지 않고 SNS를 하게 되거나 SNS를 참는 데 신경을 쓰게 되어 메모 카드만 사용하고 있다. 이렇게 하면 용지의 제한 때문에 요약하는 과정을 거치면서 한 번 더 머리를 쓰게 되고, 글과 그림의 경계 없이 비선형적으로 유연하게 아이디어를 남길 수가 있다. 메모가 적힌 카드들은 그때그때 분류하고 정리해서 글감이나 창작물로 발전시킨다. 너무 많이 쌓아 두면 메모 카드 역시 주의력을 빼앗는 요소로 작용하기에 바로바로 처리한다.

한편 메모하지 않거나 메모를 최소화하면 아이디어를 머릿속에서 계속 굴릴 수가 있다. 끈질기게 아이디어를 파고들어 핵심을 꿰뚫는 근원적인 해결책을 고안해 내기에 적절한 방법이다. 이 과정에서 최소한의 메모는 핵심 아이디어와 관련된 힌트를 기록하거나 핵심 아이디어의 구조를 보완하고 발전시키는 정교화 도구로 주로 기능한다.

소셜 미디어는 우리가 화면을 계속
들여다보게 만들 정보를 보여 준다.

요한 하리, 『도둑맞은 집중력』(어크로스, 2023)

096

SNS를 기반으로 활동을 시작하면서부터 많은 사람에게 내 창작물을 효과적으로 알릴 수 있었다. 하지만 수시로 SNS 피드백을 확인해야 했기에 긴 시간의 집중이 거의 불가능해졌다. '좋아요' 수와 댓글 수, 리트윗 수가 어느새 내 창작물의 좋고 나쁨을 판가름하는 기준이 되었다.

어느 날 불현듯 내가 SNS적으로 사고하고 SNS적으로 창작하고 있다는 데 경각심을 느꼈다. 그래서 한동안 SNS를 하지 않기로 했다. 한 달이 넘도록 창작물을 업로드하지 않은 것이 10년 만에 처음 있는 일이었다. 내 존재가 잊힐지도 모른다는 불안감이 엄습했지만 계속 SNS를 참아 보기로 했다.

일과 중에는 스마트폰을 보지 않으려고 노력하면서 점점 긴 시간의 집중이 수월해졌고, 차분한 상태를 유지할 때 생겨나는 강도 높은 집중의 위력을 체감했다. 아무도 내게 왜 업로드를 하지 않느냐고 추궁하지 않았다. 오히려 화면 너머 많은 사람이 나를 응원하고 있다는 사실을 알게 됐다. 문득 사람들이 내 창작물에 머무는 시간을 좋은 체험으로 전환하고 싶다는 생각이 들었다.

'그림과 제목을 교환하면 어떨까?'

이 아이디어는 그때껏 내가 떠올린 아이디어와 확연히 달랐다. SNS를 두 달간 자제하며 진짜 내가 원하는 것을 계속 자문하는 과정에서 떠오른 아이디어였기 때문이다. 프로젝트의 이름은 '모두의 연습장'으로 정했다(SNS 댓글로 제목을 선정했다).

SNS와 자기계발은 충돌하는 지점이 있다. 하지만 나는 앞으로도 SNS를 통해서만 시도할 수 있는 일을 창작에 활용해 보고 싶다.

영화마다 자신에게 도전하려고 해요.
관객에게 뭔가 새로운 것을 주려는 것도
있지만 어떤 면에서는 자신의 기술도
발전시켜야 하잖아요.

크리스토퍼 놀란, 영화 「테넷」(2020) 코멘터리 중에서

097

그림을 15년 정도 그려 왔다. 이제는 내가 그리고자 하는 것을 나만의 그림체로 대부분 만족스럽게 그려 낼 수 있다. 머릿속에 떠올리는 형상과 손끝에서 그려 내는 그림이 거의 비슷해져서 어떤 때에는 그렸다기보다 머릿속에서 그대로 꺼낸 느낌이 들기도 한다. 이 느낌을 유지하려고 매일 일정 시간 빼먹지 않고 그림을 그린다.

한 가지 기술이 내 몸의 일부가 된 것처럼 자연스러워지고 나니 새로운 것을 배울 때마다 그림에 대입하여 받아들이게 된다. 글을 쓰거나, 악기를 배우거나, 새로운 프로그램을 익힐 때에도 그림에 대입한다. 그러면 진입이 훨씬 쉬워진다.

발 디딜 단단한 곳을 마련해 두면 다음 장소로 쉽게 이동할 수 있다. 내 디딤돌은 그림이다. 그림 외에도 디딤돌을 여러 개 가진 내 모습을 상상해 본다. 한 가지 아이디어에 다차원적으로 접근하는 내 모습이 기대되고 궁금해진다. 잘하는 것을 더 잘하게 되는 것도 중요하지만, 잘하는 것을 통해 새로운 영역으로 발을 뻗는 도전은 나를 더 살아 있게 만든다. 물론 배우고 싶은 기술을 알아내 그 기술과 친해지기까지는 많은 시간과 에너지가 필요할 것이다.

지금껏 궁리한 자기계발의 여러 가지 구체적인 방법을 통해 여분의 시간과 에너지를 비축한다면, 내가 딛고 있는 디딤돌을 더 튼튼하게 다지고 새로운 디딤돌을 마련하는 데에도 분명 도움이 될 것이다.

계획은 뭔가 새로운 것을 만들어 내는
무질서한 과정에 질서를 부여하지만,
너무 계획에 집착하다 보면 현상 유지에만
급급하게 된다. 창조적인 사고란 바로 그런
현상 유지로부터 자유로워지는 것이다.
(......) 그렇기 때문에 좋은 계획과 지나친
계획의 차이점을 아는 것은 매우 중요하다.

트와일라 타프, 『천재들의 창조적 습관』(문예출판사, 2006)

하늘이 뻥 뚫린 것처럼 파랗고 맑은 날이었다. 평소라면 작업실에 일하러 가야 할 시간이었지만 충동적으로 발길을 돌려 다리가 아플 때까지 무작정 공원을 걸었다.

한참을 걷다가 무작정 보이는 카페에 들어가 무작정 글을 썼다. 신기하게도 그동안 정리가 안 되던 꽉 막힌 생각들과 글들이 한꺼번에 싹 정리되었다. 갑자기 생각이 도약한 것처럼 느껴져 가슴이 벅차올랐다. 무작정이 나를 데려간 곳에는 선물 같은 시간이 기다리고 있었다. 이후로도 가끔 가슴 설레게 날씨가 좋은 날은 '무작정 데이'로 정하고 일과에서 벗어나 무작정 걷곤 했다.

이제는 유산소운동이 뇌에 끼치는 좋은 영향을 알기에, 생각이나 글이 막히면 지체 없이 걷는다. 무작정이 나를 데리고 갔던 그날의 낭만은 사라졌지만 더 이상 하늘이 파랗고 맑은 날이 오길 마냥 기다릴 필요가 없어졌다.

일반화 본능을 억제하려면
내 범주에 의문을 제기하라.

한스 로슬링·올라 로슬링·안나 로슬링 뢴룬드, 『팩트풀니스』(김영사, 2019)

099

우리는 평균을 나타내는 숫자로 통계 속에서 의미를 찾아낼 수 있다. 하지만 그 평균값 때문에 통계 속에 뭉개지는 다양한 숫자들이 있다는 것 또한 기억해야 한다. 현상을 빨리 파악하고 제대로 사고하려면 범주화가 필요하지만, 사고의 확장을 위해서는 범주화를 경계할 필요가 있다.

어찌 보면 단어란 의미의 통계라고도 할 수 있다. 단어는 의미를 범주화해서 가둬 둔 틀이기 때문이다. 그렇다면 어떤 단어가 가진 사전적인 뜻을 경계함으로써 그 단어는 물론 사고의 확장도 꾀할 수 있지 않을까?

나는 가능성을 제한하는 좁은 말보다 가능성을 품은 넓은 말을 선호한다. '웹툰 작가'라는 호칭보다 '만화가'라는 호칭을 더 좋아한다. '만화가'라는 호칭보다 '창작자'라는 호칭을 더 좋아한다. '작품'이라는 말보다 '창작물'이라는 말을 더 좋아한다. '일, 작업'이라는 말보다 '창작 활동'이라는 말을 더 좋아한다.

나는 다양한 활동을 하는 창작자다. 다양한 활동으로 나만의 저력을 키워 만화에 잘 도착하는 사람이 되고 싶다.

확장을 끌어내는 넓은 단어를 몸에 가까이 붙여 생활화한다면 그 단어가 나를 이끌고, 내가 그 단어를 채워 나갈 수 있을 것이다.

의미 있는 삶의 변화에 도전했던 사람들 100명 이상을 대상으로 조사를 실시했다. 놀랍게도 성공적인 도전의 36퍼센트가 이사를 했을 때 이뤄졌으며, 이사 후 도전이 실패로 돌아간 경우는 13퍼센트에 불과하다는 사실도 발견했다. 이러한 통계 자료는 변화를 모색할 때, 물리적 이동에 따른 변화가 달력상 새로운 시작에 의해 촉발된 것만큼 강력한 위력을 발휘한다는 사실을 보여 준다.

케이티 밀크먼, 『슈퍼 해빗』(RHK, 2022)

100

이 책의 마지막 원고를 쓰는 지금, 부천에서의 14년을 뒤로하고 새로운 지역으로 이사를 앞두고 있다. 어제는 작업실에 있는 책장을 온종일 정리하고 왔다(작업실 이사를 먼저 해 둔 상태다).

과포화 상태의 책장을 정리하다가 문득 이 책을 쓰면서 알게 된 뇌 신경과학 지식을 책장에 적용해 보면 어떨까 하는 생각이 들었다. '장기 기억은 의식 아래에 있으니 아래로 보내고, 단기 기억은 뇌 상층부에 있는 전전두엽피질이 담당하니 위로 보내자.' ('의식 아래'라는 표현은 물리적인 위치가 아닐 테지만 책장 정리에 필요한 의미를 부여하는 차원에서 붙여 봤다.)

장기 기억에 해당하는 '다 읽은 책'은 책장의 아래쪽으로, 단기 기억에 해당하는 '읽는 중인 책'은 책장의 위쪽으로 옮겼다.

내가 가진 책들을 크게 범주화해 보니 만화, 동화, 시나리오, 작법, 소설, SF, 에세이, 시, 자기계발, 과학 등으로 나눌 수 있었다. 각 범주를 이탈하지 않는 한도 내에서 이 규칙을 적용하고, 책장의 작동에 도움이 되지 않을 것 같은 책은 과감히 책장 밖으로 뺐다. 그러자 책장이 훨씬 가뿐해지고, 앞으로 어떤 분야를 집중적으로 강화해야겠다는 계획도 생겨났다.

지식 습득과 창삭 활동을 연결하는 비결은 바로 '멈추지 않는 육체적·정신적 움직임'이라는 것을 이제는 안다. 번거롭고 불편하면서도 이로운 환경을 조성하고 유지한다면 내 몸과 마음을 부지런히 움직이는 데 도움이 될 것이다. 건강과 창작은 바로 이 움직임에서 생겨나며 때로는 움직임 그 자체다.

이사라는 환경의 변화는 삶을 도약시킬 드물고 좋은 기회다.

이 책의 끝과 새로운 도약의 시작점이 연결되기를.

자기계발의 말들
: 더 나은 내가 되기 위한 정확한 연습

2023년 10월 4일　　초판 1쇄 발행

지은이
재수

펴낸이	**펴낸곳**	**등록**
조성웅	도서출판 유유	제406-2010-000032호 (2010년 4월 2일)

주소
경기도 파주시 돌곶이길 180-38, 2층 (우편번호 10881)

전화	**팩스**	**홈페이지**	**전자우편**
031-946-6869	0303-3444-4645	uupress.co.kr	uupress@gmail.com

	페이스북	**트위터**	**인스타그램**
	facebook.com /uupress	twitter.com /uu_press	instagram.com /uupress

편집	**디자인**	**조판**	**마케팅**
김은우, 김유경	이기준	한향림	전민영

제작	**인쇄**	**제책**	**물류**
제이오	(주)민언프린텍	다온바인텍	책과일터

ISBN 979-11-6770-067-4 03180